红 运

〔越南〕武重奉 著

夏 露 译

四川文艺出版社

图书在版编目（CIP）数据

红运/（越）武重奉著；夏露译. —成都：四川
文艺出版社，2021.8
ISBN 978-7-5411-5928-2

Ⅰ.①红… Ⅱ.①武… ②夏… Ⅲ.①长篇小说
—越南—现代 Ⅳ.①I333.45

中国版本图书馆 CIP 数据核字（2021）第 026245 号

HONGYUN

红运

（越）武重奉 著 夏 露 译

出 品 人 张庆宁
策 划 曾嘉慧 冯俊华
出版统筹 周 轶
视觉统筹 李 俊
责任编辑 苟婉莹
装帧设计 子 杰
责任校对 段 敏
责任印制 桑 蓉

出版发行 四川文艺出版社（成都市槐树街2号）
网 址 www.scwys.com
电 话 028-86259287（发行部） 028-86259303（编辑部）
传 真 028-86259306

邮购地址 成都市槐树街2号四川文艺出版社邮购部 610031
排 版 四川胜翔数码印务设计有限公司
印 刷 成都兴怡包装装潢有限公司
成品尺寸 140 mm×210 mm 开 本 32开
印 张 7.5 字 数 150千
版 次 2021年8月第一版 印 次 2021年8月第一次印刷
书 号 ISBN 978-7-5411-5928-2
定 价 48.00元

《红运》：一幅殖民地风俗画

彭世团

　　我长期从事中越文化交流工作，见证了越南对中国文学大量的、几近同步的翻译介绍。在越南的书店里，可以看到从中国四大名著到当代中国作家作品的很多越南文译本。但反过来，中国人，包括学习研究越南语言文化的专业人士，对越南文学都所知甚少，这与越南作品极少被译介到中国有关。

　　越南文学从早期的汉文文学、喃文文学，到 20 世纪初的现代越南语，或称为越南国语文字文学的创作，经历了上千年，有着丰富的积累，也形成了自己独到的风格。如脱胎于唐律（格律诗）的六八体诗，双七六八体诗，如1945 年以前越南作家创作的《红运》《志飘》《穷途末路》等一系列小说，却没有几本被翻译成中文并在中国出版。交流是双向的，我特别希望有更多的人参加到越南小说翻译的队伍中来，把越南的优秀文学作品介绍给中国读者，让中国读者也了解越南。双向的了解将有利于两国友好关系的深化与长期发展。

近日，北京大学外国语学院东南亚系越南语教研室副教授夏露找到我，讨论她在翻译越南 1930 年代作家武重奉小说《红运》时遇到的问题。我第一次知道有《红运》这部小说，是还在大学学习越南语的时候，但并没有读过小说的内容，更别说对作者有更深入的了解了。这次与夏老师探讨翻译问题，使我得以进一步了解作者武重奉的情况。

武重奉 1912 年生于河内的一个贫困电工家庭，不满一岁，其父亲武文麟患肺结核去世。在他八岁的时候，母亲把他送进由殖民政府全额资助的小学，学习了六年，该校用法语、越南国语双语教学。但他小学毕业之后就不得不辍学打工，先后做过书记员、记者等，1931 年开始进行小说、话剧等创作，其作品深受大众喜爱，被称为“越南的巴尔扎克”。也许是宿命，1939 年，年仅二十七岁的他也同其父一样，因肺结核去世。在他短短的一生中，共创作长篇小说九部，短篇小说三十五篇，剧本七部，翻译雨果剧本一部，采访文集九卷，是一位高产作家。他 1936 年创作并发表的《红运》是迄今为止，1945 年以前越南语小说中被再版最多的一本。

这本小说如果能被译介到中国，对中国人民了解越南、了解越南的文学发展将起到积极的作用。但要翻译好这本小说实属不易。1993 年到越南工作时，我有幸看到了越南电视台播放的八集电视连续剧《红运》，是越南电影故事片厂于 1990 年拍摄完成的。二十多年过去，电视剧中红毛春、副关长夫人、鸿老爷、WAFN 先生、长角通判等人物的生动形象，仍然活跃在我的脑海。单就人物名字的命名，是脸谱化的，也是越南社会伦理与社会心理的体现。如鸿老爷，名字叫鸿，职务是顾问，所以被称为鸿顾问。越南社会的习惯，是以名字加上职务称呼人，而不像中国大部分地区以姓氏加职务来称呼。副关长夫人，因丈夫的名字与职务而得名。长角，则是指夫人出轨者，在中国叫戴绿帽的男人。至于红毛春，中越都有把西洋人，特别是把荷兰人蔑称红毛鬼的历史。作家把红毛春头发变红的原因写成是晒出来的，一方面红毛春头发晒红，是天意，另一方面，预示他多少与洋人有些关系。WAFN 先生是服装店的时尚服装设计师，是越南语"我爱妇女"这句话学着法式发音的结果。这种脸谱化的人物命名，与当时作家翻译雨果的话剧《弑母》，以及武重奉自己写话剧的习惯有关。

小说《红运》的人物对话、场景细节的选取与描写都非常生动，令人难忘。《红运》电视剧播出的时候，街头就经常听到越南人说起那句鸿老爷的口头禅："知道啦，真烦，说个没完。"我曾经试着以不同的方法翻译这句话，但总翻译不出越南语那种语气与感觉来。此外，书中描写的风俗、俚语、诗歌等非常多。书中的一些生活现象如算卦，现实的城市生活中早已经难得一见，特别是算卦用的紫薇斗数的卦象等内容，如果不是专门研究，确实已经很难理解，更别说是翻译了。又比如越南是个佛教与本地民间信仰并存与盛行的国度，庙宇中的一些专用术语，如果没有亲身体验，很难理解其内容并做出准确的翻译。还有越南的六八体诗的翻译，诗歌翻译本身就很难，再加上诗体的特殊性，翻译难度就更大。

2017年，我重读《红运》，对小说的社会风俗画性质有了更深刻的认识。小说描写法国殖民统治下河内的各种小人物、殖民政府中本地官员，各种复杂的社会关系，生老病死的观念，各种社会风俗行为；描写人们对于西式时尚的仰慕与追求，换了洋装又脱不掉旧俗的思想冲突等，深刻，生动，耐人寻味。读的时候，有时候想起鲁迅《阿Q正传》，有时候想起曹禺的《雷雨》，有时候想起钱锺书的《围城》。

越南有研究者认为，武重奉1936年发表的四部小说《暴风骤雨》《决堤》《红运》《妓女》，其中的《暴风骤雨》有模仿、甚至抄袭《雷雨》的嫌疑。顺便说一下，曹禺的《雷雨》越南语译名"Giông tô"与《暴风骤雨》是一样的。越南在1986年、2018年曾排演过这部戏剧，1930年代也介绍过。但个人认为，中越两国1930年代的社会生活与社会矛盾、社会思想有太多相似之处，作家的作品有这样那样类似之处不足为怪。《红运》的社会背景放在河内，这是当时法国殖民政府北圻统治的中心，越南数百年的都城，这里人们的社会思想保守与急于现代化以自救并存，因而也使《红运》这部小说具有中国那个时代小说所没有的很多特质。

书中提到的蓬莱宾馆，就是现今河内的和平宾馆，是1926—1930年河内大规模建设的一批法式建筑之一，是当时河内时尚的中心。现在每次走过那里，我想到的是《红运》中出现在这个宾馆的场景，真不知道是这个宾馆让小说有了地域与历史标识，还是小说给宾馆加上了文学标识。

这次得知夏露老师翻译了这部小说，我特别高兴。夏露老师是北京大学中文系研究中越文学交流的博士，经常到越南做研究，研究中越间文学的传播关系，研究越南的文学发展，并教授越南文学，特别是越南的诗歌。她在翻译这部小说之余，还撰写了一些论文，如 2017 年发表的《1930 年代越南的西化潮流：以武重奉及其小说〈红运〉为个案》和《〈红运〉与越南的文学传统》，展示了对《红运》这本小说的独到见解。2019 年，她翻译的保宁的小说《战争哀歌》在中国出版，受到欢迎。她既翻译又研究的做法，为她成功翻译《红运》这本难度极大的小说提供了保障。与夏露老师共同探讨翻译问题的过程中得知，《红运》一书的翻译工作她早已经完成，但感觉还有不足，需要进一步修改，于是她又找出该书的英译本来参考核对，足见其对翻译质量精益求精的态度。

在《红运》中文版即将出版之际，夏露老师希望我来为该书写个短序。我知道我对《红运》的研究并不深入，但出于促进中越文化交流的使命，我愿意向中国的读者推荐夏露老师的译本，推荐武重奉这本越南 1930 年代风俗画式的小说。

是为序。

2021 年 5 月 10 日

于中国驻越南大使馆

目　录

第一章

红毛春①的桃花运

文明夫妇

副关长②夫人的同情心

周四下午 3 点。

雀肾木环绕的网球场里，两个法国人在右侧打球。两个无精打采的球童在球场里来来回回地跑着给他们捡球。而打球的两人只是懒洋洋地挥动着球拍，汗水早就浸透了他们的衣衫，看他们的样子也很疲惫，就像迫不得已才进场的运动员。

"Xanh ca（五平）!③"

---

① 红毛春的名字是春，因其有一头标志性的红头发而被大家称为红毛春。（本书注释均为译者注）

② 这里是海关关长。

③ 法语 Cinq-quatre 的越南语转写，即 5 比 5。

"Xanh xít（五六）！①"

喊声、球打来打去的砰砰声，混杂在一起，就像几万只蝉鸣聒噪。

球场外面的人行道上，一个卖柠檬水的人，蹲踞在车把上，正跟他的一个同行聊天。

"奇怪了，不是星期四吗，人都死哪儿去了？"

"等一下他们就会来的。现在不过才 3 点嘛。从今天开始，他们会加大训练强度，怕是每天都要来打球的，可不是只有周四、周六或礼拜天才来了。"

"是吗？你怎么知道？"

"糊涂了吧。再过三四个月，皇帝不是要来吗？这次会有很厉害的奖项的，所以，他们要拼死训练了。"

人行道上，在木棉树的树荫下，一个上了年纪的算命先生漠然地坐着，他面前摆着一张竹桌子，上面有墨砚、印泥、签筒，还有几张紫薇②算命样签。他时而打个哈欠，那姿态俨然是一位真正的哲学家。距离他那里十来步远，红毛春在跟一个卖甘蔗的姑娘坐着说悄悄话。他们是在谈生意？不，他们是在调情。若是按照时下报业界的那些先生们的话说，这是一种平民恋爱，"平民"两个字要打上着重号哈。

看，红毛春正粗鲁地伸出手来要索求那姑娘的一点爱呢。

---

① 法语 Cinq-six 的越南语转写，即 5 比 6。
② 看紫薇斗数算命在越南至今流行。

"老是嬉皮笑脸的，没个正经！"

"给我一点，就一点点。"

"又装可怜？"

"摸摸又不吃亏！"

"这倒是真的。我要是一本正经的，也不可能被贴金描红供起来。不过，你跟我注定没什么缘分，也就别情不自禁，搞什么诗情画意的事情了。老子的货卖不动，你也不帮忙买一点，就知道往我身上贴。"

红毛春腾一下子站起来，摆出一副好汉样，赌气说："我不要了！"

卖甘蔗的姑娘瞪目看了好一会儿，撒泼道："不要就给滚一边去！"

红毛春又张着马嘴嘻嘻一笑，坐下："我跟你开玩笑的，开个玩笑嘛。我当然要你的啊，我们都互相需要嘛。放松点，给我一分甜嘛。"

"先把钱给我看看再说！"

红毛春朝裤兜里摸了一下，解开一颗像猪耳朵一样的扣子，把一枚硬币"啪"一下扔到板上，硬币又"吭哧"一声蹦到了砖墙水泥地上，那声音听起来颇为壮烈。

姑娘拿起甘蔗来，削了一截给红毛春。

红毛春嘴里嘟囔着："五毛还剩两毛呢！昨晚花了三毛。好好招待了一下朋友。两毛买了票去戏院看戏，然后又各自吃了一碗五分的牛肉米粉。这么玩儿才是本事，对吧？有点像王公贵族吧？这么潇洒地吃喝确实要命呢。不过，你别担心，你要是跟了我，我就再不会这么花钱如流水了。可是，你总是不听我的。"

卖甘蔗的姑娘沉默着，没回答。

红毛春吧叽吧叽嚼着甘蔗，把甘蔗渣扔向一根电线杆。末了，他把手伸进裤子，站起来抻抻肩膀。卖甘蔗的姑娘找给他一毛九，他两手插在背后没有接。

"你帮忙放进我裤兜。阿妹，把手插进去。"

卖甘蔗的姑娘生气了，把钱甩到地上，阿春飞快地低头捡了起来。

"你那根甘蔗根本不甜，啥水都没有。"

"唉，寂静的深秋夜晚，怎不教人惆怅啊。"他唱着几句南圻改良戏，大摇大摆地走到算命先生跟前。站在那里盯着看，那神情就像乡巴佬第一次看见小公主的猴子笼①，过了好一会儿，才大声喊道："给我算一卦！"

算命老头经他这么一喊，立刻从小憩中醒来，迅速拿下别在耳朵上的毛笔，那速度之快不亚于一个要做笔录的警察："两毛！两毛一次，同意就给你算，不同意就拉倒。"

"一毛！便宜一点算一次，比空坐着强。"

"好吧，你得先把钱放在这儿。"

"马上就给你，你先给我好好算！"

红毛春坐到席子上，把一毛钱硬币放到托盘上。算命

---

① 小公主的猴子笼是一个典故。相传，小公主生活在河内豆街，人长得十分小巧，特别喜欢白雪公主与七个小矮人的西方故事。她把自己家里也装饰成几个小小的笼子，养了几个奇异的动物，包括三条腿的鸡、两张嘴的猪，家里还有很多棉花做的动物。大家到她家去都称她为公主。

先生拿出草纸，忙活了一阵研墨，往砚台上吐了几口水，然后拿起笔说："生辰八字报上来。"

"我二十五岁了，老头。十月十五生的，时辰是鸡回笼时。"

算命先生趴坐在凉席上，在纸上写着什么，口中还念念有词，掐指算着。红毛春双手抱膝，一只手掐着另一只手的手腕。

算命先生一边写一边说："旬截当头劫无亲命……阴阳旬截在前，父母一定已经升仙了。"

"对，太对了!"

"你小时候真是太苦了。"

"相当准!"

"啊，你的命运也不是太差。很快就要吉星高照了，很快你就会名扬四海，好日子马上就要来了。"

"太好了，可啥时候开始呢?"

"今年开始转运。"

"可我还什么都看不见呢。"

"年底可见。"

"那我今年这一年都会是什么样子?"

"从年初到年底主要是走桃花运。"

"什么意思?"

"也就是说男女之事容易占便宜。"

红毛春啪啪地鼓掌，就像看见网球比赛时有人得了一分。接着他大声嚷嚷道："太对了! 太对了! 昨天，看完戏，经过岑公巷时有三四个姑娘跑出来，围着我，拉我的手，扯我的衣裳。嗨，说明我还挺有女人缘的。我服了您，算命先生。"

然后他转过头，对着卖甘蔗的姑娘威胁道："你可搞清楚了！"

接着又对算命先生小声说道："您算得不错！就连这个卖甘蔗的小丫头，我要是想搞定，也不难。您算得真值得这份钱。"

这时有一辆前头后头都尖尖的汽车开过来，停靠在网球场门口。车门打开后，一个大约四十岁的女人很费劲地从车里出来。她的衣服看起来比少女还鲜艳，脸上涂了粉和胭脂，头发黑亮黑亮的，有点卷曲，整个人看起来至少有七十公斤重，头上却短撅撅地系着一小段时髦的贵妇头巾。她一只手拎着一把小小的伞和一个大大的皮夹，另一只手抱着一只看起来像麒麟的奇异小狗。随后，一个高高的、瘦瘦的青年男子也走了出来，他身穿西式旅行装，眼窝深陷，喉结突出，头发也是卷曲的。他朝车里伸手牵出一位年轻女人，那女人绾着头发，穿着白色短裤和网球鞋，胳膊里夹着两个网球拍。年轻女人跟在他们后面，三人大模大样地进了网球场。

埋头听算命的红毛春没有注意到这几个人。他一直在试图理解桃花运，不停地问算命先生："今后我会发财吗？我的名气会给我带来财富吗？还是有名无实，我依然是一个穷光蛋？"

"富，不会太富，但会风流快活。"

这句算命的话让他听了陷入沉思和幻梦。

那年他刚满九岁，成了孤儿，被迫寄养在一个亲戚家，是一个伯父的家。那个伯父养他可是一举两得，不但省下了养仆人的钱，还得了抚养侄子的好名声。但有一天伯父把他揍了一顿，赶出了家门。原因是伯父的老婆洗澡时，他从竹算外朝里偷看了！从那以后，他就露宿街头，靠街边树上的人面果和还剑湖①里的鱼果腹为生。他卖过肥皂和挂历，曾在剧院跑腿，也曾到火车站卖膏丹丸散，还干过其他好几种杂活。整天在外面跑，热带的阳光把他的头发晒成了西方人的那种红色。在这种境遇下生活，他变成了一个完全没有教养的孩子，尽管他很精怪，洞悉人情世故。他最近一年的工作是在网球场捡球，也学打网球。他学得很快，法国会员和越南会员都喜欢他，有点器重他。他梦想有朝一日像阿金、阿交②那样威风，梦想命运能派一个天才星探来发现他的天赋。现在，他甘心当一个捡球员。他很高兴找到这个工作，虽然卑微，但也有福利，或许也有出名的机会。而贩卖花生、帮人摘人面果、钓鱼，或是在剧院跑腿，这些职业不过是能勉强糊口罢了。体育运动、平民运动使他有一种奇特的骄傲感。

"您看我将来会时来运转吗？"

算命先生看了看红毛春，他的前额塌陷，腮帮子大，人中长，双耳饱满，然后点头说："很好！将来的运气会很好！只可惜头发不黑。"

---

① 位于河内的著名湖泊。
② 这两人系越南八月革命（1945 年）前的网球运动明星。

"他妈的，以前要是有帽子戴，现在怎么可能是红的?"

突然从球场里跑过来一个小孩子大声喊:"喂，春哥!还不进去? 小姐都来了! 没人陪她打呢，你不进去吗?"

红毛春问:"小姐?"

"对! 就是文明那婆娘，那个嫁给'长茄子'的女人，跟她老公一起来了。还有副关长夫人那婆娘也来观看了，说要一起打球呢。"

红毛春站起来，对算命先生说:"您继续写，我傍晚或明天来取。您记下算命的钱啊。好，现在我就去跟那个美人打几个球去，让她像桃花一样花枝乱颤。"

经过卖甘蔗的姑娘时，红毛春那家伙大声笑起来，甩下一句:"Au revoir (再见)① 啊! 明天见!"

他跑进球场左边那三个人等待的地方，毕恭毕敬地说道:"奶奶好! 先生好! 女士好!"

文明夫妇轻轻点了一下头算是作答，但副关长夫人不高兴地扭了一下身子。文明太太笑了，向丈夫递了一个眼色。她丈夫对阿春说:"我家夫人不喜欢你这种问候方式。"

副关长夫人顺口骂了红毛春一句:"你真笨! 什么奶奶? 我也就是跟你母亲年龄差不多罢了。我要是你奶奶的话就是能生出你妈妈的年纪了，你的母亲就……"

---

① 法语。小说中的法语有的是法语原文，有的通过越南语转写;如无特别说明均系原文。

还没等她说完，红毛春连忙道歉："夫人大人，我失言了，请夫人原谅。"

等这位曾经嫁给洋人的夫人怒气消了之后，红毛春拿着网球拍跑进了球场。砰，砰，球飞来飞去，文明太太白花花的大腿在眼前晃来晃去的，让他一开始连失几个球，也让那女人误以为自己的球技进步了不少。

副关长夫人依然还有一点生气，嘀咕道："安南①人真是愚蠢！"

文明先生答道："姨妈啊，您理会那种人干吗？"

"要是我也能打球才好，不然很快就老了。"

"哦，那我文明就双手赞成啊！是真的吗，姨妈啊，您喜欢体育？要是这样，那可真是体育的幸事！是越南进步的兆头啊！是我们越南人强大起来的标志啊！"

他讲话时充满了热情，这是许多瘦弱多病的人的特点，他们赞赏体育运动的优点，却从未真正参加过。这位爷是一个归国留学生，曾经在法国待了六七年。不过，他回国之后却对文凭恨之入骨，因为他自己并没有在国外取得任何文凭。

在法国那边，他似乎跟某位曾经当过副部长的政治家过从甚密，也好像是上流人士和文豪们的朋友，他提及的法国朋友还都是越南报刊报道过的著名人物呢。廉风署曾

---

① 安南为越南旧称，唐代曾设安南都护府管辖今天越南北部和中部地区，是越南被称为安南的由来。19世纪末期越南沦为法国殖民地之后，法国将越南拆分为北圻（Tonkin China，即东京）、中圻（Annatn，即安南）和南圻（Cochinchina，即交趾支那）三个部分。

派了两位探子打探他。但是整整打探了三个月，只发现他有如下秘密行踪：抽骆驼牌香烟，娶了一位家境富裕的老婆，有了老婆之后，他把名字改为"文明"。廉风署对他改的名字有点好奇。打探之后才知道他的老婆名叫阿文，而他自己是阿明，他把名字改为文明，就是把夫妻俩的名字结合在一起了，而且把老婆的名字放在自己前面，颇有几分尊重女权之意。他们探听到的内容也就是这样而已，这位文明先生其实并没有什么反对国家的举动，也没有什么改革行动。

不过，自从在很多人面前自称"文明"之后，他觉得有必要提倡一场欧化运动，才不会辱没他的新名字的含义。健康的体魄需要健康的灵魂相伴嘛！发现了这个真理之后，他处处鼓吹体育运动。首先是对他老婆鼓吹，然后是对其他人。他自己却不搞体育锻炼，说是没有时间。他需要静下来时时思考他的欧化计划。

而副关长夫人的经历，说起来也挺有趣。她年轻的时候有一次从农村到省城参加停战庙会，被一个法国士兵强奸。后来非法强奸变成了合法强奸，也就是说他们合法地结婚了。那个法国士兵后来成了海关副关长，她也就成了副关长夫人。在他们一同生活了大约十年之后，副关长死了。他死得光荣，他是为国家鞠躬尽瘁，也是为老婆鞠躬尽瘁。副关长死后不久，她很快跟一位年轻的通判①结婚了。不过，也才过了两年，她的本地老公就一命呜呼了。

_____

① 经皇帝任命的高级行政人员，越南封建时期的官职跟中国类似。

由于并没有发现她有外遇，她的一些爱慕者四处散布毒蛇般的谣言，说那可怜的丈夫是被她过度的爱欲累死的。

　　两位法国年轻女人和一位越南年轻女人进了网球场。

　　红毛春把网球拍让给了这些会员。

　　一位法国年轻女人进房间去换衣服，红毛春也突然不见了。

　　球场上嘈杂起来，充满着人们相互问好的声音和说笑声。打球的声音也越来越密集，像一群蚊子在空中嗡嗡。

　　过了一会儿，人们吃惊地看见一个法国人揪着红毛春的头发，把他拖到网球场，当众揍他、羞辱他。大家围过去看热闹，想搞清楚发生了什么。原来是他偷看那个法国年轻女人换短裤时，被当场抓住。网球俱乐部必须开除他，并且扣除当月工资。

　　此时副关长夫人才意识到越南人不但愚蠢，而且可怜。她长叹一口气，低声对她的外甥女婿说："年轻人谁不会犯糊涂？放了才对，把年轻人抓起来干吗？真是可怜，造孽！就这么狠心把人家赶走了。"

第二章

官府与太岁①

为人民哀叹！文明被毁了？

警察与罚款

经过一个寂静的院子之后，警察把红毛春和算命先生带到了一个上着环锁的小房间，然后带着嘲笑的口吻说道："有请两位先生。"

房间里当时只有一个老乞丐和他的妻儿，一个流浪汉，一个街头叫卖的妇女和她那一担子没卖出去的烤肉米线。卖米线的女人靠墙坐在两个箩筐之间，两只手抓着膝盖，满面愁容。那流浪汉枕在一块砖头上面睡觉，发出像拉锯般的呼噜声。乞丐一家三口则忙着互相捉虱子，看起来颇有诗意。房门被重重地关上了，锁孔嗒嗒地转了两

---

① 命理学说在越南民间一直很盛行，这里指犯冲了官府和太岁两星。

下，狱警脚步声越来越远……昏暗的房间里只有一盏小小的红灯散发着微弱的光芒。

算命先生把他的木匣、席子和油纸伞放到地上，然后坐在那里呼哧呼哧喘着粗气。

红毛春还站着，两手插在腰间，一脸不屑地打量着房间和房间里的人。

他撇了撇嘴，说道："拘留所像个臭鼻孔，真可耻。"

算命先生睁大两只眼睛："我不可耻！"

"没人跟你说话，老家伙，"红毛春答道，"我骂的是政府。"

红毛春这么讲话是有点看轻这个警察局了。这个警察局是河内市属十八个头号警察局之一，是政府最近才新建的。全部工作人员加起来只有七位：一位法国警官、一位越南翻译、一位办公室职员及四个巡警。这个警察局任务繁多，要管理十六条街，而且全部是法国人街，有的街道长达五公里，每条街道看起来都太平无事。说实在的，每次抓到人，警察局的人就像中了头彩一样开心。四个巡警每天要轮番骑车在十六条街道上巡逻，才只半年工夫，他们就都成了优秀的自行车手。其中一人新近赢得了河内至海防自行车赛大奖，其他人也有在河内至山西、河内至北宁以及环绕河内的自行车赛中夺得第三名、第四名的。可是，在这十六条街道上如果不幸发生违反安全秩序的事儿，多数时候你根本看不见几位警官老爷的影子。叫卖的小贩、堂倌儿、厨子、车夫、乞丐，这些人只有看到警察先生俯冲离开街道以后才会在路上小便，才会打架、相互谩骂。而总共只有四个巡警，警察局里得留两个值班，剩下两个到路上巡视。两个警察管十六条街道，他们只能骑车飞快地跑来跑去，巡防几乎就是变成了自行车赛。

那年由于经济危机，国家财政收入不够，印度支那大幅度削减财政支出，同时让警察局自己创收，批准他们罚市民四万块。中央警察局分给他们这个警察局罚款任务是五千块，也就是说相当于总钱数的八分之一。

法国警长愁得又是敲脑袋又是薅胡子。安南人今年被罚款的只能是一些堂倌、厨子、车夫、小贩，其他全是法国人，是不能罚款的，如何能凑足五千块钱的罚金呢？法国警长后来召集警察局的人一起开了个秘密会议。会议之后，他们都非常佩服警长的高明计划。警长让警察局里所有人员都把家搬到那十六条街道上，然后就巧立名目罚款。首先，法国警长本人被罚了几次，原因是他家的狗跑到街上，他夫人忘了告诉仆人按照要求打扫卫生。接着轮到罚警局的翻译、办公室人员、四个巡警、勤杂人员，以及那些帮警察局打理花园的人。他们有的是因为在路上小便，有的是公开吵架，有的是骑自行车不开灯，有的是家里卫生不合格，等等。警察局的人不管不顾地互相罚款，就像彼此有深仇大恨似的。

一天，警长正坐在打字机旁打一份重要的备忘录，一个警察急匆匆地跑进来报告了一桩法国人家里的入室盗窃案。盗窃案发生在前一夜，但到此时主人才知道。法国警长灰心丧气地用法语说道："入室盗窃要交给法庭，这意味着我们没法罚款呀。"

然后转头告诉办公室职员代管事务，他自己跟翻译出门去查看。

那人独自坐在办公室，哈欠连天，就像是遇到经济危机的商人。一个人经过，他叫住那个人，心烦意乱地说："唉，mincro′（明德）①警官你觉得难过吗？"

那警官像一位借酒消愁的儒生点了点头，说道："很难过，难过死了，真想死了算了。"

办公室职员痛苦地叹了一口气："咱们的罚款任务太重了。"

警官忧愁地附和道："就是，咱们要收的罚款任务太多了。"

"公共预算缺钱啊，但是……"

"咱们十六条街需要很多安南人才好。"

"难道您不怀念从前吗？我的意思是说十年前的日子。"

"是啊，十年前，这里的老百姓还很笨。"

"现在我们的人民文明了。真是该死的耻辱！您要知道以前社会上到处是流氓和讨债的，到处是不懂礼貌的人，处处有人随地大小便，有扯皮打架的。有时候出去抓人，一辆警车能坐满四个人！他们总是互相谩骂，打架斗殴，他们的房子也是破旧不堪，污水横流。他们的狗也在街上乱窜。到处都是没有前灯的自行车。现在全都变了。

---

① 法语 1002 的越南语转写，是这位警察的番号，中文音译为明德。他还会多次出场，后面均作明德。

我们祖辈的好时代已经一去不复还了。真是灾害，可叹！"

"您看！现在连人力车夫都懂法律。他们不会忘记前灯，也很少停在路中间。人们很少像以前那样三五成群高声叫骂。从前的社会秩序荡然无存了。现在的小孩子甚至都不知道怎么说下流话了，个个都穿戴整齐，都很文明，他们不爬树，也不在路上踢足球，不规矩的事情都不见了。"

"是报纸的出现，这就是问题所在。"

"对。我们的老百姓因为读报而变得文明起来，不再像以前那样需要警察来罚款了。"

"除了我们。"

"这是不对的！这是不可原谅的！我们是警察！"

"我，我还是一个办公室职员呢！要不是偶尔能参加自行车赛，我的人生真是彻头彻尾的失败！"

"你能想象我们的名字和照片再也不出现在报纸的头版头条吗？如果真这样，那可不能饶过这些报纸！"

"怎么样？下周日，您参加河内至河东的比赛吗？"

"当然参加呀！你算算每天四遍走十六条街道，都没有机会停下来开一张罚单，跑过的地方远远超过比赛的路程了。我具备这么好的比赛条件，不参加比赛，那不是白白浪费吗？老先生啊，老百姓进步了，我们开不出来罚单了，那么咱们警察局互相揭发自己的家庭来开罚单也没什么意义了。那五千罚款任务也就没意义了。我，我反对。"

办公室职员紧张地站起来，摊开手："完了，完了！不行，您不能违抗上头的命令啊。您看警长的夫人，上个月我们罚了她二十块，她都毫无怨言呢。"

巡警依然抱怨道："算了，要是这样的话，我只有跟我老婆离婚了。"

"该死，怎么这样说呢?"

"我叮嘱她时不时要告诉小孩子把坏东西扔到街道上，不然就让家里脏乱一点，让水沟的水四处飞溅，让 mintoa（明杜）①警官偶尔能罚款。这样我才有机会罚他的老婆。可她总让孩子像小和尚一样乖巧，家里总是收拾得一尘不染，可恶，这个女巫!"

办公室职员看到了他的痛处，不敢再批评他，想岔开话题，他让警官到拘留室，拖出几个被抓的人来问话。

明德警官打开那间拘留室时，红毛春和算命先生正在聊天。

"哼，不老实就是找死!就会被抓起来。我是这个月犯冲太岁官府。被抓进来还是轻的，搞不好可能挂了。"

"我不在乎!没什么好怕的，不是吹牛，自打脱胎为人，我都被抓了十五次了。"

"打老人是暴力犯罪，你可能会坐牢。"

红毛春不听那些。自顾自地继续说道：

"以前被抓都是被关押到一个很大的警局，看起来很宽敞，会有七八个警察守着，胸前挂着勋章，人人手里带着手枪!屋子里有上百支白色警棍，有巨大的铁链，有老

---

① 法语 1003 的越南语转写，是这位警察的番号，中文音译为明杜。他还会多次出场，后面均作明杜。

虎笼，能容纳数百人，更不用说成千上万的蚊子和苍蝇了！现在被抓进这么个拘留室，房间小得就像一个鼻孔，才关十几个人，这真是一种耻辱！"

警察骂道："出去！全都给我出去！审讯时间到了，快滚出去！闭嘴，不许吵闹！"

除了那个鼾声如雷的鬼家伙，其他人都站起来。警察踢了一下他的腿，他嘟囔："别吵，让我睡觉嘛。"

"你起不起来？不然揪你脖子了。"

他坐起来愕然地说："啊？"

"出去！"

他站起来嘀咕道："我在外面睡着被你们抓进拘留所，在拘留所睡着又喊我出去，真是多事儿！"

那些人离开拘留室，经过院子进入到一个房间。办公室职员见红毛春穿得比其他人都好，就先审问他：

"你！犯的什么罪？"

算命先生说："启禀大官，他打我。"

红毛春辩解道："我没打，我只是想掐死他！"

"他打了我两下，很疼，接着又掐我脖子……"

"我还没打他，也还没来得及掐脖子这老家伙就叫起来了。"

办公室职员拍着桌子说："闭嘴！闭嘴！让我先问清楚。谁是，谁非？事情的原委是怎样的？为什么打人？说！"

"启禀大人，是他揩油，想骗我一毛。他，他算命都算错了，还要了我的钱不给我！我只是想把钱拿回来，不是有意打他。"

“算命了吗？收了一毛钱吗？”

“启禀大官，我给他算命很便宜，只收一毛钱，而且算得句句都准，可他还想把钱要回去。”

“全算错了，大官啊！老家伙说我的未来相当不错，可刚算完命，我就失业了。”

办公室职员瞪了算命先生一眼：“算成这样还想要钱?!”

“启禀大官，我算的是他的将来，又不是算的现在！我研究了十年命理，算得就像圣人和神仙一样准，从没算错过！我又没有给您算，您怎么就说我算错了?!”

办公室职员又瞪了红毛春一眼：“人家这么说难道不对吗？”

算命先生接着话题说：“大官，我说得够清楚了！他官禄宫好，眉毛长，将来会大富大贵。”

官员对着红毛春瞠目而视，说：“人家算得很好啊！罚你！你干吗要打人家，人家还是一个老人，罚你一块八！把算命先生立刻释放！还有你，让我看看你的身份证！”

这时路上传来汽车停车的声音。副关长夫人走了进来，向警官们微笑问好，那两位警官也报以微笑，那姿态像商人迎接有钱的顾客一样。因为副关长夫人喜欢把狗放到大街上，多次被罚，在十六条街很有名了。警察局懂得她的恩情，那是一种类似惨淡的商号对老主顾的感恩。

办公室职员问道：“夫人需要什么，我们随时为您服务。”

"啊，我来是给一个仆人交罚款的。他在这里，请您释放他。"

官员摊开手。明德警官说道："嗯，您得马上交钱才行。"

"多少钱？"

"一块八。"

明德警官坐到桌子前写了收条，红毛春抬起头，面露不解。他毕恭毕敬地问道："启禀夫人，为什么您对我这么好？"

"啊，你很快就知道的，我一会儿带你回家。你有工作可做了。"

算命老先生辩解说："你看，还说我算错了？！"

红毛春转过身来："算得真准！您真是神机妙算！我要说声对不起您！"

副关长夫人问："什么？"

"启禀夫人，算命先生算得非常好！"

"是吗？那么也上车吧，去给我也算算去！"

副关长夫人交了钱，拿起收据。算命先生返回拘留室拿了他的算命工具，跟着红毛春和副关长夫人上了车。警官送到大门口说："多谢您了！欢迎您下次光临。"

说完，他才垂头丧气地想起这是拘留所，不是在他夫人开的那家法国面包店。

第三章

天子，佛子

鬼谷子转世

一个可疑事件

汽车像野猪的呼噜声一样猛地几声鸣笛，过了一会儿，一个男仆出现了，打开两扇铁门，把车徐徐迎进院子。院子里的柳树、芙蓉、仙人掌、风雨兰、瓷墩以及栽着奇花异草的花坛，现在都被街道上的灯光照进院子而显得昏暗迷离，这是一座法式的宏伟别墅。走进院子的那一刻，红毛春感觉有什么东西强烈地刺激了他的心。头一次，他感觉自己的生命要掀开新篇章了！而算命先生也用得意的眼光看了看他，又用力碰了一下他的胳膊肘，好像在提醒他，他最近也预测得很准。红毛春在司机身边沉默地坐着，不敢用任何方式反抗。

汽车停在通往房子前门的十二级水泥台阶前。司机下了车，打开了后门。副关长夫人拿着日本伞和皮包，带着狗下去了。算命先生抱着他的签筒、油纸伞和席子下车，最后下车的是红毛春。然后汽车开进了车库。一个穿着用人服装的女人跑过来接住夫人的东西。夫人问道："少爷在哪里？他在干吗？"

"启禀夫人，他在洗澡。"

"洗澡啊？那他吃饭了吗？"

然后没等那女人回答，她转身向后："三姐，你怎么让少爷在这里洗澡？怎么在光天化日之下！"

"启禀夫人，是他要这样，不答应的话他就哭。"

一个肥胖的小孩坐在巨大的铜盆里，脸看起来傻呆呆的，如果他站起来可能一米多了，却像一个三岁小孩坐在盆里洗澡。铜盆周围还放了一些玩具。有棉花狗、洋娃娃、汽车、飞机、喇叭等，女主人一边放下狗，一边急忙说："啊，少爷洗澡啊！我的乖儿子。妈妈出去的时候，家里有没有人打你呢？露露，嘘，嘘。"

夫人吹了两声口哨，那条小狗用两条后腿摇摇晃晃地坐起来，伸出前爪。它摇晃着舌头向洗澡的小男孩打招呼。小孩正在玩水，把水洒得盆子周围到处都是，看着狗，他皱了皱眉，扭头说："不行！"

"好了，好了，妈妈对不起。来，让妈妈给你一个吻。"

"不行！"

副关长夫人沉默了一会儿，又问："好，那你乖乖洗澡，等一下跟妈妈一起吃饭吧。"

"我不!"

那小男孩赤身裸体地站在浴盆里，亲了亲妈妈。但是上帝啊!他可不是小宝宝了，他已经很大了呀!个子已经很高了呀!这个场景对旁观者来说具有某种奇异的吸引力，像黄色照片一样有趣。正如粗俗的仆人们看到的那样，男孩那两腿之间的男人的装备似乎都可以运转正常了呢。

看到红毛春和算命先生面露惊讶之色，夫人转身解释道："这个男孩是天子，是佛子。"

算命先生马上明白了这是一个"求子"①小孩，而红毛春还抬着头仔细盯着。副关长夫人进了屋子。不一会儿就听见小孩子的哭声。夫人骂道："三姐在哪儿?"

小孩子大声咆哮着："我要进屋，我要进屋!"

"三姐!快来，给他擦干，把他背进去。"

在女人的背上，那小孩显得很庞大，还像骑马一样上下抖动，口里叫喊着："驾!驾!驾!"

红毛春看着觉得太刺眼了，难以忍受。他喃喃自语地说："这什么鬼孩子。"到了客房门口，副关长夫人指了一下沙发："你们坐在这里等我吧。"

然后她进了另外一个房间。

等待的时候，两人看着那个肥胖的小孩子，穿着上衣但没有穿裤子，一会儿傻乎乎地笑，一会儿把脸转过去，

---

① 越南语 con cầu tự，意指因为难有小孩而去寺庙求子、之后生的孩子，由此也指娇生惯养的孩子。

一会儿又转脸来笑。他的衣服是用浅黄色绸缎做的，胸前有一个大大的红色印记，背后也是一样。脖子上带着一个沉沉的金项圈，上面有一个金色的磬儿，带有一个小扇枕坠儿。听见三姐的声音，像是在大声哀求：

"少爷穿上裤子啊。"

"我不！"

"穿上裤子，不然那个先生会笑你的。"

"那让他来跟我玩儿。"

"嗯，你穿上裤子，我让他来跟你玩儿。"

"我不！"

算命先生踢了一下红毛春，说：

"果然是一个'求子'子。"

到这时红毛春才明白了，点头说："嗯，嗯。"

"来，怪呢。看那个女人很像西方人的老婆啊。"

红毛春把手放到嘴边做了一个口哨，然后轻轻地回答："正是嘛。"

算命先生嘀咕道："那为啥有一个安南'求子'子？"

还没来得及回答，红毛春听到副关长夫人的声音："少爷啊，妈妈珍贵的少爷啊，少爷穿上衣服，快乖乖的哦。"

然后夫人走了进来。这次她已经脱下奥黛，解下了头巾。只穿着一件薄薄的紧身绸衣，里面没有内衣，绸裤也是薄薄的。这让人觉得她无异于一位裸体主义的信徒，让红毛春感觉自己像是一个缺乏家教的人。算命先生站起来以微示礼节。副关长夫人问："您是算命还是看相？"

"启禀夫人。我两样都可以。"

"哪样准？"

"算命准一些。"

"那就给我算一卦。"

"请您告诉我生辰八字。"

"啊，这个嘛，我忘了，记不清楚了。"

"那就看相吧，但是怕不如算命那么仔细。"

"嗯，行！就看相。"

"夫人您的面相很好，十二宫只有一宫有点麻烦，就是夫妻宫。颧骨有点高。"

副关长夫人皱了一下眉头，然后用有点责备的口吻说道："为什么？麻烦到什么程度？我家关长之前对我特别好。而我的通判先生也是，很忠厚。通判先生临死的时候还叫喊着爱我，怜惜我。在这个世界上，有几个人能像我这样有两任这么好的丈夫。"

"嗯，是的。但是按照老俗这就是花开两度了，不得不走第二步（再婚）就是该抱怨的事情。"

"嗯，是这样的。但是按照今天的生活方式，有过几任丈夫都行，只要人好。你算得真准！"

"您的品性是仁德的，对人有怜悯心。"

"你算得不错！"

"财帛宫好，田宅宫更好，而祖坟宫就需要仰仗先人，才可以得到土地。"

"那么子嗣运怎么样？"

"也很好，但有点稀缺。"

副关长夫人露出不满意的神色说道："怎么稀缺？我不是已经有两个孩子了吗？我家女儿珍妮特上学去了，很快参加高中毕业考试，儿子阿福也能吃能长，再过三个月就十一岁了。两个孩子了，怎么还是稀缺？"

　　"'一男曰有，十女曰无'嘛，再多的女儿，按照圣贤教导，也不值得一提。而儿子只有一个，按照圣贤的教导，就算是稀缺了。"

　　"啊，只有一个儿子就是稀缺啊。"

　　"启禀夫人，您是否还想再嫁呢？"

　　"算了。我一定要守节。我曾经跟我的两个亡夫——关长和通判都说了，让他们做证，我一定为他们守节！尽管我还真的年轻，但是也背负着老了的名声。我要保持单身留在这里养育孩子。"

　　"这样子嗣宫就是稀缺了。"

　　"你算得很好。那么我儿子阿福怎么样？香寺的佛已经保佑我十多年了，我还是担心。"

　　"他的命最好了！他的人生就是享受，终生闲暇而享受荣华、富贵、安康。"

　　副关长夫人恭敬地低下头，轻轻地说："我，我就是怕我这个肉眼凡胎，不知道如何取悦他，我总担心有一天他跑回天堂去了。"

　　算命先生热情地分辩道："不用担心，看他的相貌就知道。他的面相显示他长寿，您可以依靠他而兴旺发达。而且很牢靠的。"

　　"好！好！你算命真是人间一绝！"

"启禀夫人，如果您把生辰八字告诉我，我会看紫薇，那样的话能看清每年每月每日发生什么事情。"

"这样啊。"

"是的。算命比看相更仔细一些。"

"算了，你回去吧，不然太晚了。明天您再来帮我一件事情吧。三姐在哪儿？送算命先生一块钱，让他坐我的车回去。你回头再给我好好算算啊！"

"好，好的。启禀夫人，那明天我们再准时约见。"

算命先生拿起雨伞、席子和签筒离开了，副关长夫人问红毛春："你呀，你知道我为你做什么了吗？"

惶恐不安了一会儿，红毛春才说："是，启禀夫人，如果没有您，我们就要被拘留在局子里了。"

"嗯，你也是知恩的人。"

"夫人，这个恩情小的我永生不忘。"

"你不要在我面前自称小的。我是文明人，没有阶级区分思想，也不分贵贱。"

"是，好的。"

"你的父母还在吗？"

"启禀夫人，我很早就没了妈妈没了爸爸。"

"可怜！那你有老婆孩子了吗？"

"启禀夫人，还没有。"

"可怜！这样倒是很好！现在这个时代艰难，也不应该着急结婚生子。那你知道我叫你到这里来干吗嘛？"

"启禀夫人，我还不知道。我听候夫人您的判决和教导。"

"我本来是一个仁德之人，爱怜悯人。你也是一个值得怜爱的人，正做着事儿却突然失业了，实在是痛苦。你为什么这么愚蠢？我知道像你这个年龄的年轻人有一些调皮，但是也得看看人家是否愿意再说啊，是不是？"

红毛春茫然地回答道："嗯，我啥也不懂。别人就无缘无故打我，赶我走，欺负我……"

"算了，你不要辩解。"

"小的……我哪里是辩解？"

"那你为什么被赶走？"

"我正在为会员收拾整理棉毛巾和浴桶，正忙着干活。那个法国人就过来拉我出去打骂……"

"不是因为你当时正偷看……"

红毛春用全世界最天真诚实的方式回答："我正试图盖住会馆浴室里的一个洞！"

"哦，哦！那法国男人说你犯了那个罪，你为什么不争辩？"

红毛春的脸红了，磕磕巴巴地说："启禀夫人，那人强加给我一个罪名，他们讲法语，我又听不懂。"

副关长夫人站起来，失望地嘟哝了一声。

她想起了几个人，想起了从前的错误。想起被强奸的情形，那种少有的触电麻醉的感觉很难描述，很奇怪，却一直与她如影随形。很久之后，那件事渐渐成为一种阴影。她依然渴望再次被强奸，但那种罕见的机会不再出现了。实际上只有她去强奸丈夫了，真是奇怪，如有鬼神做证，她其实从来没有被丈夫强奸过。

她读过一部《金英泪史》，书里说在某个省的寺庙，和尚假冒佛祖下凡赐子，说在他寺庙里求子的妇女都会怀孕生子。她找到了这个寺庙，但却尴尬地发现那只是一个骗局。虽然僧侣的话是骗人的，不过，她还是有了儿子，是他的第二任丈夫，那个通判先生的儿子，而不是哪个妖怪和尚赐给的。

而这次遇见红毛春，似乎有了新的机会。

不过，在红毛春诚实的面孔面前，她有些难过，一想到他在球场可能是被冤枉赶走的，就有点恼火。但是很快有一个想法在她脑子里一闪而过。

"你到这个阁楼来等我洗一下澡，然后我会跟你谈谈为什么我让你到这里来。"

红毛春听了这话就跟着去了。两个人上了楼梯。到了另外一间客房，副关长夫人说："你坐在这里，可以翻看这册影集，等着我。"

然后她进了浴室，那个地方距离红毛春等待的地方只有几步远。她解开衣服，戴上橡胶浴帽遮住头发，拧开水龙头。水流从铁制的莲蓬头上倾泻而下。副关长夫人时不时抚摸自己的肚子，又搓向大腿，故意弄出很大的响声。然后，我的天啊，她通过锁孔去看外面的动静。她看见红毛春专心看着影集，老老实实在原位上坐着。

这家伙居然毫无反应，毫无异样！

洗完澡，她出来，很威风地下了判决："够了，你回去吧！我决定明天就雇用你。明天你到欧化服装店找文明太太，就说是我请你去帮忙的，你就有活儿干了，不再失业了。"

"启禀……"

"算了，你不够聪明！你回去吧！明天就知道了。要记住：欧化时装店，专门为妇女做衣服的店。"

红毛春出去了，内心充满希望，他没有意识到副关长夫人突然看不起他了，就像她看不起所有真正有道德的人一样。

第四章

宦姐①发怒

为人生的艺术

欧洲化的产物

遵照副关长夫人的叮嘱，那天上午 8 点，红毛春到了指定的地点，但他在门口转来转去，不敢进去询问，因为不敢断定那个地方是否就是文明太太的欧化时装店。红毛春的学识水平只够给洗衣工记账，还不足以让他理解那些像是艺术家特意不让人明白而写的新潮字句。

当时，几个人正在钉牌匾，把商店字号钉上去。五块红色的木板看起来很奇怪，油漆刚干，还被扔在台阶上。一个工匠在梯子上忙乎，一个年轻人卷起袖子站在那里对着工匠发号施令，时不时骂几句，口气很严肃。

---

① 宦姐是越南古典名著《金云翘传》的人物，一个类似王熙凤的女人；这部作品是根据中国明末清初同名小说改编的，主要情节、人物也一致。

这家商店真的特别耀眼。从外面的玻璃往里看，有三个木制的人体模特，那是从法国运过来的，极其像欧洲的美人，但是被主人很巧妙地在她们头上放了围巾或是戴了黑色发套，显得很像越南妇女。每个模特都展示一件衣服。有的是那种领子很夸张、衣袖和下摆像虾尾巴的①，可以让男人们穿出去向街坊们显摆；有的是泳衣造型，是为了让女士们去海边展示肉体的美感；有的是卧室睡衣造型，是为了让女士展现那种魅力，刺激丈夫或恋人履行他们作为男人最神圣的职责。

红毛春小心翼翼地靠近那几个写有艺术字的木板。他努力思索，但怎么也无法明白那五块木板上的字象征什么。有一块木板是圆形的，中间有一个孔，有一块是方形的，中间有两个圆孔，真奇怪呀！以他那下流的头脑，红毛春从六岁开始就明白三角形中间有一个洞那只能说明一个东西，一个很下流的东西。他坏笑了一下。突然听到年轻人骂工匠道："这个放在前头！不对，三角形的这个嘛，你这人真差劲！"

工匠茫然地问："请问三角形是什么呀？"

少年低声骂道："三角形就是有三个的角！就是那个 A。"

工匠辩解道："可是刚才您说三角形是 U 字。"

"闭嘴！蠢货！三角顺着的时候是 U，而反过来时是 A。亏你还是一个木匠，一点美术知识都不懂！听着，首

_____

① 其实即燕尾服。

先你给我把这个倒着的钉上，然后是顺着的那个。这 A、U 就是欧。然后是有两个孔的方形的木板，也就是 H，然后是圆形的那个，就是 O，然后是反过来的三角形 A 也就是 Hoá（化），意思就是欧化店。[①] 这么简单的事情，跟你说了多少遍，还是造船的木匠，真是一个蠢猪!"

红毛春一方面很高兴自己正好找到了约定的地方，另一方面为自己也间接被骂为蠢猪而不忿。他喃喃自语地说："这种字完全没有什么意义!"但他很快注意到了另外一个青年，穿着一身欧式登山服，他过来向正在监工钉商店匾额的年轻人问好。两个人握手，用法语大声谈话，好像要让整个街道都能听见似的。

"天哪，越南老百姓的美术头脑真是太残了!"

"跟普通老百姓讲美术真是白费唇舌!"

"不! 不! 您是记者，记者有义务提高平民的美术见识。我，我就是一个设计师，我已经为此牺牲了我的一生!"

"窃以为您在民间的影响也是相当大了呢。"

"还不够。还要做一些事情。我们的民族是一个懒惰的民族，不肯思考，不愿意探寻美术上的那些难以理解的东西，因此我的活动影响范围有限。而美术越是难以理解越是有价值。例如在意大利和德意志，一些知名画家被奉为神明只是因为那些画特别难以理解，但公众越是不理解他们，他们的画作越被认为是奇功杰作，连墨索里尼和希

---

① 越南语里 Âu 对应的汉字是"欧"，Hoá 对应的汉字是"化"。

特勒都要嫉妒，等他们两位成为独裁者时，第一件事就是把那些画家关进监牢，直到他们看懂奇功杰作才作罢。你看看！我们的民族何时能达到这个程度！什么时候我们艺术家会因为这个而被抓进监牢？"

另外一个人点头："真是这样呢。"

这人又激情四射地接着说："就是因为社会水平太低，咱们艺术家兄弟姐妹们不得不转向改革妇女服装这种最容易理解的艺术。什么时候全社会都懂得欣赏女人的大腿的美，才能理解裸体艺术画的价值，才能理解最高级的画作。"

"哦，哦，您说得实在是太符合现实了。"

"啊，这几个最新的字，您看怎么样？这是我的最新发明呢！看起来很奇怪吗？平民老百姓不会明白它的高贵之处，咱们先理解是怎么回事，什么时候我最新的字体能让知识分子都无法读懂，那就是艺术的全盛时期了。"

听到这里，红毛春突然看见里屋隐隐约约有文明太太的身影。他小心翼翼地进去了，那两人也跟在他身后，一边聊天一边走进商店。

"夫人您好！"

文明太太点头答应了红毛春，与另外两个人握了手。

"您请坐。您来有什么事情？最近报纸销量怎么样？是增加了还是减少了？"

"我来是有重大事情。报纸销量增加了，多卖了五十份。"

"那你，你有什么问题？"

红毛春搓搓手，磕磕巴巴地说："启禀……启禀……通判夫人，昨天……"

文明立刻打断了他："闭嘴！你应该称她为副关长夫人，不然她不高兴。"

"好的，副关长夫人嘱咐我来……说帮忙……帮您……"

"嗯，那你坐那边等一下。"

然后文明太太示意记者先生进入商店尽头的会客厅。红毛春坐在靠近门边一个铺了布料的铁椅子上。尽管他有些着急，但是有机会让眼睛享受一下罕见的盛宴，也就是说能够欣赏那些只有欧化运动才敢展示的女性的秘密部分。有的模特是展示穿着带花边的绸缎内衣的胸部，有的是展示笼罩在丝袜之下的大腿。有的穿着乳罩和短裤。总体而言，所有这些穿戴都是能引发男子内心春情的东西，哪怕那个男子已经七十岁。

那些万紫千红的绸缎和花纹使商店显得有一种特别欢快的氛围。里面尽头有一间三面挂着绒布的试衣间，有裁缝的几台缝纫机，一群男女裁缝走来走去，像蜂巢里的蜜蜂一般繁忙。

一个青春垂暮的妇人，脂粉和口红都涂得很笨拙，在门外玻璃那里看了几分钟，然后走进来。女主人跑过来迎接。

"夫人，您是买成衣还是订做？"

"我想……做一套新式衣服。"

文明太太连连赞叹："好，就应该这样！现在大家都要改革服装，让自己符合时装潮流。古典的服装让人看起来显老，我们要改变成新的。夫人，如果您不懂驻颜之术，很难维持家庭幸福。因为现在的少女都懂得新式穿着了，竞争真是激烈啊……"

女顾客睁大了双眼，很开心，因为文明太太的话令她觉得特别合意，她想了几分钟后回答："天啊，老天！您讲得太对了！如今的少女穿着比以前的法国女人都时尚。真是新潮，真是妖里妖气！天啊！她们抢走了我的幸福，她们比我美，她们吸引了我家的翰林先生①，现在我该怎么办?"

妇人哀伤地说着，好像马上要跟谁吵起来，文明太太也只好摇手："可恶！不过您别着急啊，别太激动！"

"我家翰林先生每晚都在追求那些时髦的荡妇！我该怎么办，老天！"

"夫人，答案其实很简单……您只需要做到一件事……像她们一样穿着。"

"没错！对！我也应该穿成那样！我也不在乎别人叫我老婊子！反正都是你的功劳，一切从你们服装店开始。"

文明太太量了一下她的肩膀，说："夫人，我们得跟随社会进步的规律进步。在这个革新的时代，一切保守的东西会被淘汰。您知道自从我们开设这家商店，无数的妻子挽救了她们的婚姻，夺回了丈夫的爱，重建了家庭的

---

① 越南历史上曾经长期实行科举制，与中国类似。作者同时代的一位诗人写过一首《翰林先生》，后来大家用"翰林先生"来尊称自己的丈夫。

幸福。"

"夫人，那么请给我马上订做一套，就订做最新潮的！价钱上希望您不要太贵啊！"

"当然！好！我带您去看看几种不同款式的新式衣服。"

女主人把客人带到那些模特展示的衣服面前一一为她介绍。

"这个……这里……本店展出的很多款式，都是由毕业于知名美术大学的大学生设计的。夫人，如果您愿意的话，每个人体模特下面的标志都解释了它所展示的服装的含义。例如，这一套叫作'承诺'，一个女孩可能会穿上这套衣服来向她的男朋友保证她会在哪天晚上出现在他们的约会地点。这一套是'赢得他的心'，穿了这套服装，男子的命运就在我们手上了。这一套是'诗意'，这一套是'青春期'，全部是给年轻女孩的。从这里开始是给少妇的，给各位内将①的……夫人，这套是'女权'，穿了这个，女人就会时时让丈夫害怕。而这一套是'坚贞'，是给那些坚决为丈夫守节的寡妇准备的。这一套是'两虑'是为那些失去丈夫了但还不知道是否守节的女人准备的。而这一套最新潮的，是我们最近几天才设计出来的，我们还没有来得及写到牌子上作介绍，但我们已经决定将它命名为'征服'，意思就是穿了这套衣服，所有人都会迷恋你，即使是你的丈夫！"

---

① 这里指已婚女人。

两人站在一套用极薄的印度黑绸做的大胆的衣服面前。衣服和裤子里只有一件抹胸和一条黑色短裤，因此那个木制美女的前胸露出了一半，两只胳膊也露在外面，大腿根以下也都看得一清二楚。

在文明太太表露出得意的样子时，客人撇了一下嘴，沉默地站着，过了好久才说道："穿这套衣服……实在难看。"

此时设计师和记者也都听见了，记者先生立刻说："很好看啊，夫人！如果您穿上它，男人们个个都会像追求纯真的少女一样追您的。"

设计师补充说："征服！我已经把这套命名为'征服'了！"

女客人又说："裤子和上衣这个样子，简直是毫无遮蔽呀。"

设计师又辩解道："夫人，现在做服装的原则已经改变了！我们设计这一款也是按照法国大设计师的服装理念进行的。服装是为了装饰，为了增添美感，而不是为了遮蔽身体。现在，服装进步到了尽善尽美的极点，意思就是说衣服不再只是遮住女人的东西了。"

面对客人的怀疑，店主文明太太补充道：

"如果您觉得太过新潮，那您只需等您的翰林先生要出门时，您穿上这套衣服，站在家里的镜子前欣赏，那就足以让翰林先生对您着迷。"

客人点了点头："对！对！也许我应该尝试一下，看看是否能达到这个效果。"

文明太太又说："夫人，家庭幸福没有什么别的，不就是夫妻幸福吗？如果爱情变淡了，就要想办法让夫妻幸福嘛。"

"很对。"

"正因如此，我们才设计制作这所有的新款式，包括内衣，而不是像那些腐朽落后的道学家们所攻击的那些只改革外穿的衣服。如果你再穿上我们商店里的内衣，那您就掌握了留住自己丈夫的法宝。"

"在哪儿呢？请您让我看看，我要订做一套这样的。"

文明太太带着客人转到身后的玻璃橱柜前，拿出一堆短裤、胸罩、长长短短的内衣、束乳带，等等。

"这件是'装傻'内衣……这条短裤名为'且等一分钟'。这是'幸福'内衣，这是'住手'胸衣。您看！除了我们欧化时装店，没有任何其他店像我们这样周到细致地考虑到美女们的幸福。"

客人连连点头说道："嗯，我觉得对！我要向着文明欧化，向着进步着装！把你们的裁缝叫过来，我要进房间试试。"

文明太太指了指设计师："这里，他就是裁缝！他原是印度支那美术学院的大学生，是一个才子，专门为你们这些美女夫人服务。"

设计师把头压得低低的，说："请您跟我来，我很荣幸为您服务。"

然后两人走进了用绒布遮蔽的房间。

红毛春不停地打哈欠，文明太太还在跟记者先生争论。

"我说，如果增加广告费就太过分了。"

"夫人，您理解错了。我们报纸每天都在增添读者，我们的名声和权益每天都被保守派攻击，但这对你们是有利的。况且读者的数量还在增加。"

"嗯，这是自然的，但如果有利也是对你们而言，哪可能是专门对我有利。"

"不！您和您同样的从业者是最大的受益者！"

"您呼唤革新，人们追随新潮不就是对你们有利吗？"

"不。最大受益者是您，我已经说过了。"

"您是这么想，可您的报纸起什么作用了吗？肯定没有影响……"

记者听到这里，生气地啐了一口："没有影响？您说的？您看看现在社会都进化到什么程度了？您每天都读报纸吗？多少离婚事件！多少婚外情！女孩跟男人跑，男子背着老婆弄一群女孩，又有多少官吏辞官挂印去追求新潮女孩。我觉得我们报纸影响太大了。每天都有一家舞厅新开张……"

这时，正好副关长夫人进来了。红毛春立刻站起来了。文明太太也和当地那家有影响的报纸的记者一起站起来了。

"外甥女！外甥女！"

"姨妈！进来跟我们说说话。"

副关长夫人和外甥女一起到了一个远远的角落。记者拿起帽子出去，还生着气，他也明白了一个真理：为报纸写文章真是很难赚钱。

红毛春来来回回踱步，神色焦急地等待着。

"姨妈，您叫这么个家伙来这里干吗呢？"

"啊，我跟他说来你这里帮忙，我不是跟你说我家在建一个网球场，咱们以后一起练习网球吗？"

"嗯。但是建设网球场不是一朝一夕能建好的呀？干吗现在就请一个人来浪费饭菜浪费钱呢？"

副关长夫人抬起头说："嗯。但是如果一直让他等，他会饿死的。"

过了好一会儿，她兴奋地在外甥女耳边说："要不这么办，在球场建立起来之前，我们不妨这样，这样……就不怕浪费饭了。你觉得怎么样？"

就这样，红毛春开始加入到社会改革之中。

第五章

红毛春的进步经验

有关家庭和社会的两种观念

头上长角①的丈夫

服装店的老板、老板娘和几位新潮女士以及几个留学生一起上了一辆汽车去一个饭馆吃饭。

裁缝、缝衣服的几个女人，也都陆续出门回去了。

时钟敲了十二下。

外面街道上，在人面果树上，几只蝉不停地鸣叫，似乎打定主意一定要破坏几个贵客的午休。

红毛春自问："这是怎么啦?"他走来走去，回忆起老板交代的话语。

"在帮我们练习打网球以前，我们需要你来协助社会

---

① 借用的法国说法，意思是遭遇配偶出轨，即被戴绿帽。

042

的欧洲化运动。请记住，从今天起，你就是社会改革的一分子了。你要在社会改革中发挥重要作用。你们的努力将决定我们的社会是变得更加文明，还是堕落到更野蛮的境地！因此，你必须努力工作，认真履行你的职责，努力理解你现在正在做的事情的责任。"

老板大概就是对红毛春说了这一番文绉绉的话。见红毛春有点茫然，老板娘换了一种简单的说法："他的意思就是，你有空的时候就用这个鸡毛掸子擦拭一下绸缎上的尘土和模特身上的衣服。你要懂得讲卫生，不要让我们店里脏兮兮、乱七八糟的。"

"好的。"

设计师又接着嘱咐："另外你需要记住商品的名称，衣服的款式，等顾客进来的时候要告诉客人有一个 GU。"

"请问 GU 是什么呀？"

设计师有点支支吾吾，用手在前额摸了好几下，才说道："意思是……意思就是喜欢的，擅长的，就是关于美术的观念。"

"可是我还是不明白。"

"你不明白就要想办法明白！为了取悦顾客的耳朵，你必须记住所有衣服的名字，做到一看到衣服就能立马说出来。你要懂得一些 văng-đơ（销售）① 知识。一旦有一个人中意，买走我们的一套新潮衣服，我们国家就多了一个进步的人。"

---

① 法语 vendeur 的越南语转写。

"好的。那这样我就要搞懂所有丝绸面料，搞懂它们与不同的女人应该如何搭配?"

设计师瞪大眼睛，指着红毛春的脸生气地喊: "错! 当然不是! 这是 tay-o′ (裁缝)① 的工作，是我的工作，这是只有我这样懂得法国服装裁剪的人才可以办到的事儿。来，你过来，你来这里。"

红毛春被拉到一个模特面前。设计师说: "无袖和无领的衣服意味着'青春期'! 你大声念出来!"

红毛春像鹦鹉学舌一般重复了一遍，记在心里:

"无袖和无领的衣服意味着'青春期'!"

设计师满意地点了点头，拉他到另外一个模特那里:

"露肩、露出上半部乳房意味着'纯真'! 跟我念，说顺嘴。"

"露肩、露出上半部乳房意味着'纯真'! 乳房的上半部分表示'纯洁'!"

"很好! 你就这么努力练习几遍，练熟每一个字，啊忘记了，不! 是熟悉设计师设计的各种款式。从此欧化运动就靠你的聪明头脑了。这里，这套是'贞洁'，是为那些不准备再嫁的寡妇设计的，因此衣服包裹得比较严实端庄，衣领像张开的荷叶一样遮住了一对乳房。旁边那个'两虑'用披肩式的衣领遮住身体一边的乳房，而露出另一边的。啊忘了，你能读这些牌子上的字吗?"

"嗯，能，这个是老字，我能读。"

---

① 法语 tailleur 的越南语转写。

“行，那我就让你自己待一会儿。”

在出门之前，文明太太又叮嘱道：

“别忘了把写有‘中午关门’的那个牌子放在玻璃窗前。你就坐这里看店。有人进来就接待，尝试记住他们的要求，记得告诉我。”

说完，他们一群人就离开店了。

红毛春明白了自己在欧化运动中的地位，在社会改革中的地位，他也就是一个跑腿的。虽然这个事实并没有使他感到不安，但他还是生气了。没有人记得，跑腿的男孩也像其他人一样需要午餐，需要休息。事实上，他饿坏了。他本想见见副关长夫人，但是她已经不知何时带着她心爱的小狗一起上了汽车。

在那间安静而空荡荡的商店里，他来回踱步，口中一直反复地念叨：“我什么也不是。”然后他拿起拂尘，逐一为模特擦去尘土。他大声地诵读，声音就像是小孩子在背诵汉文一样抑扬顿挫。

“这是什么鬼东西！有裤子，根本没上衣！这是什么东西？啊，是‘承诺’……束腰、露胸、露屁股，对了！束腰、露胸、露屁股，就是‘征服’！露胸、露大腿就是‘征服’！露肩、露出上半部乳房意味着‘纯真’！”

拂尘掉到地上了，他弯腰捡，口中还大声说道：“露肩、露出上半部乳房意味着‘纯真’！露……露……就是……‘纯真’。”

正好这时来了一个少妇，她气呼呼地推门进了店。两个人惊讶地互相看了一会儿了。少妇高声问道：“你，你是谁?"

红毛春弯腰,把鸡毛掸子藏到背后,认真地说:"我……是……是欧化运动的一分子。"

"啊!"

"一个社会改革者……是对国民文明还是野蛮负有责任的人。"

"啊,这就太好了!"

"那您需要什么?需要'请你等一分钟'这条裤子吗?"

"我有丈夫了!我不想等了。"

"那您需要什么?"

"我的丈夫!改革!欧化!我丈夫在哪里?!"

"请问您丈夫是谁?"

"是 WAFN。"

"哪位?"

"是 WAFN。"

红毛春抬眼像一个木头人一样呆了五分钟才问道:

"WAFN 先生?"

"对!正是!他在哪儿呢?"

"啊,这里没有一人叫 WAFN 啊。"

"当然有!就是那位印度支那美术先生,那个裁缝总管,他喜欢在报纸上签字为 WAFN,意思是我爱妇女!你搞改革的,你怎么会不知道?你是从什么时候加入改革的?"

"啊,有这么个人。但是他刚刚出门了。"

"那我在这里等。"

"嗯，您请便，那个没关系的。"

"你帮忙看看我订做的这套衣服是否新潮？"

红毛春看了那简单朴素的衣服，衣领不是时髦的荷叶领，衣服也不时髦，白裤子非常朴素端庄，一双黑绒布鞋子也不太讲究，只感觉是一个正派人。因为在他的头脑里有了成见，认为那些不正经的才是新潮的，于是他答道："嗯，看您只是一副良善、正派的样子罢了，完全没有新潮的感觉。"

"是这样吗？您说？"

红毛春连连点头，说道："对，对呀！这个样子很古老，一点都不欧化。您是 WAFN 先生的妻子，穿成这个样子，恐怕是太腐朽落后了。您不知道您家先生已经设计出了那么多新潮的衣服吗？什么'纯真''征服''两虑''等一分钟''住手'很多款式都特别时髦，夫人啊。"

少妇咬牙切齿地说："我丈夫总是欺负我！我再也不能忍受了！"

"夫人，这就是社会进化道路上的障碍了。想要反对这件事，您只有一个办法，就是垂顾本店，立刻订做一套'女权'服装！穿了它，为人妻者都会令丈夫害怕……文明先生是这么说的！"

"您真是一个学识渊博的人！您讲话这么有文采，简直跟法国人写的文章一样！那么请您尽力把我拉到欧化运动中去吧。"

红毛春立刻低头答应："这是我的荣幸。"

少妇开心地大笑："哈！您真是一个风雅无比的人！"

"夫人，如果夫妻不幸福的话，也就谈不上什么其他的幸福了吧？如果爱情变淡了，夫妻怎么会有幸福呢？"

"这真是太对了，就是这么回事儿！如果 WAFN 先生老是禁锢我，我就不可能像他刚娶我的时候那么爱他了。"

"夫人，我们不像那些腐朽的道学家们搞表面的扮饰，我们是真改革。而且……夫人……按照我们的社会进化的规律……在这个革新时刻，那些保守的东西要淘汰……衣服就是为了增添美感，不主要是为了遮蔽身体。"

红毛春正滔滔不绝地说着，玻璃门被推开了。设计师气呼呼地走了进来，记者也跟了进来。

设计师举起手来长叹息道："哎呀，世风日下了。"

他转过身，不停地向记者摆手。而记者在想设计师可能马上会吃醋呢，因为他的妻子正在和红毛春说话，而设计师是特别容易嫉妒的人。记者于是沉下脸，轻轻地说："真是不能原谅啊！"

"你没明白我的意思！我老婆？恰恰是我老婆？我老婆穿得这么新潮？老天爷！那条白裤子呢？老天爷！斜着坐着，双唇也涂成紫色了。老天爷！妓女！混账东西……"

红毛春伸手阻拦："先生，请让我们保护欧化运动中的美女。"

设计师的夫人此时生气地说道："哼！你是一个蠢人！你呼吁革新、欧化，你鼓动妇女按照你的方式改革服装，按照你的方式涂脂抹粉，而我，我也是一个女人，尽管我首先是你的妻子！但我也是女人！全天下的人都可以证明我是一个女人。谁说不是？啊，有谁敢说不是吗？我就想试试谁敢说我不是女人？"

设计师摆了摆手，说："知道了，知道了……闭嘴！能不能别说了。"

"我不想沉默，不行吗？"

"闭嘴！真蠢！当我们鼓动妇女时，要知道女人跟女人是不一样的！当我们提到妇女时，是指老婆和姐妹之外的人，怎么可能是指自家老婆和姐妹呢！孩子她娘你明白了吗？别人可以，而你，你是我老婆，你不能像别人那么新潮！"

WAFN 夫人辩解道："那我就不明白了！没道理！"

设计师转过去向记者求救，后者解释道："他婶儿，咱们得区分家庭跟社会是两回事儿。"

"那为什么你在你的报纸上主张改革？"

"因为我也跟他一样。妇女是指人家的妻子、孩子和姐妹，而不是咱们自己的妻子、孩子和姐妹。我的家庭要遵照传统，不能有女人穿得新潮，今天去跳舞、明天去赶集，然后回家还用什么平权、解放的理论来责备婆婆。"

记者用一种很果断的语气说着这些话，就像是一位激进的文学家。这使设计师也奋力接着说道："对我而言，女人应该关在房间里，孩子娘你明白了吗？"

设计师夫人失声叫道："天哪，怎么可以这样?!"

记者摊开双手，表示出很着急的样子说："天哪，只能这样啊，你怎么还不明白？"

设计师也愤愤不平地说："真是混账！异想天开！今

天要这种时髦的，明天要那种时髦的，这些能当饭吃吗？已经把丈夫害了，还要求丈夫买这个买那个，让丈夫那么痛苦，没法体面赚钱就只能去捞钱。别再要求什么了！别再浪漫了！"

然后设计师转过来指着红毛春的脸说："我已经抓了你一个现行，用那种淫秽的东西来迷惑我老婆，打算让我老婆追逐享乐，想拆散我的家庭。你再这么干，我让你好看！"

最后他拉住老婆的手，拉她出了门，还气呼呼地骂道："快！赶快给我回去！回去把这白裤子给我脱下来！你要是不听话，以后你就不是我老婆，我也不是你老公了！"

记者夹着包跟在这对夫妻后面走了。

只剩红毛春一个人待在店里，他抱头思考，非常不安，不明白设计师改革的意义到底是什么。他也担心设计师报复，怕因此失业。这时他看到一个中年人走了进来，穿着很儒雅，看起来像一个老师。他悄悄推门进来，带着一副神秘的色彩轻声地说："您好！先生，我，我是一个头上长角的人。"

以为是自己在做梦，红毛春揉了揉眼睛。那个人又用一种亲密的口吻说："对，正是这样，我是一个头上长角的丈夫。"

阿春惶恐地问："您头上长角了？"

"回您的话，确实是这样啊！"

红毛春摸了摸那人的头，惊讶地说："哦，您开玩笑吧，您哪里有什么角啊？"

那个陌生人把手放在嘴边嘘了一下。然后低声说道："请您理解我这样说只是一个比喻。说得明白一点就是，我老婆跟别的男人睡了。"

"啊!"

"嗯，法国人说老婆跟别的男人睡了的男人就是头上长角了。先生，我老婆太不像话了，我简直都想自杀了。"

"真可怕!"

"但是在自杀之前我要做点什么英雄事迹再说。我要请您帮我一把。"

"那么，您，你是谁呢?"

"我是一个通判。您只需要知道这一点就好。我跟文明先生是亲戚。副关长夫人告诉我说您很聪明，受过良好的教育，为人又很慷慨，所以我在上班路上就顺道过来请您帮忙。"

"我能帮您什么呢?"

"只需要帮我一件事情，很简单。您一看到我，不管在哪里，只要见到我，您就指着我的脸说：'先生，您长角了!'就这样就行了。"

"该死，这我可不敢啊。您干吗要用长角这种方式来折磨自己?"

"我求你了，您就这么办。我可以花十块钱请您这么办。来，我先付五块钱。"

说完，那人立刻往红毛春手里放了一张仙鹤纸币^①。

红毛春抬起头，发现他已经悄悄地离开了商店，那垂头丧气的样子真像那些长了角的人。

---

① 这是 1930 年代东方汇理银行发行的一种有仙鹤图案的纸币，一面是汉文和越南语，另一面是法语。

第六章

三人站在窗边往下面的院子里看。

副关长夫人手指着远处刺刺不休:"看!你们看!三个工人。而只能有这三个人!不知道猴年马月才能把这个网球场弄好!"

文明先生说:"您不要着急,建一个网球场,毕竟不是一朝一夕的事情。"

文明太太也附和道:"而且咱们也压根儿不着急,等什么时候完成了咱们再练球,不急。"

新的球场已经有一点成型了,他们新近派人用砖铺了地面，浇灌了一层 bích toong（壁咚）①。在这个方形的院子周围，原本有柠檬树、柿子树，还有草，都被拔除了，被拉到那里横七竖八地躺着，如同一幅被残害的场景。副关长夫人拔掉了园子里的花草来建这个网球场，其实并不是因为心里有多么钦慕体育。那是因为什么呢，这一点大概只有上帝最清楚。尽管如此，她还是说道："这个球场花了快八百块钱了，不知道是便宜还是贵?!"

文明太太立刻说道："不贵呀，姨妈。您想想，以前那些体育俱乐部在建一个球场之前都是要举办几十场筹款活动的呢。这样一比较，姨妈您建这个球场还不到八百，算是便宜的了。"

文明先生认为副关长夫人做这事完全是因为钦慕体育，而且疼爱自己的外甥女，也就是他老婆，所以他觉得需要讲几句感恩的话来攀一攀。他卷了好几次舌头，才以赞同他老婆的口吻说道："而且就算贵也不必抱怨。说不定这个房子有了网球场之后姨妈您的生活会翻开一个新篇章呢。然后这所房子就变成了一个像俱乐部一样的地方，一个用于国内上层知识分子集会的地方，他们来这里为社会的日益文明美丽而做出贡献！姨妈您做这件事情不仅有助于提升你的声誉，而且也可以为阿福的未来铺平道路。我觉得当下咱们国家的儿童要接受一切文明的新教育，肉体和精神都需要得到培育。过去，我们的长辈们只注重培养心智，这是一个严重的错误。"

---

① 法语 beton 的越南语转写，即水泥。

他谈吐文雅、流畅，而且热情洋溢，虽然其实并没有什么人相信他。副关长夫人尽管并没有完全领会他的意思，但她还是很高兴，因为至少听起来，他们的想法是一致的。但是，他究竟为什么认为她的网球场会有助于社会文明呢？

三个人回到客厅。

每个人心里都很满意。

副关长夫人很自然地问道："那个阿春也就有事情做了吧？"

她外甥女答道："那家伙特聪明！才开始做事儿没几天，客人就都非常喜欢他了。"

副关长夫人高兴地说："他的命非常好！走到哪儿，哪儿开心、兴旺！"

"是吗？也许真对！那天有他在，来订做衣服的客人就多了不少。"

她外甥女的老公温柔地说道："他那副嘴也是快得很！"

副关长夫人补充道："有些人被诅咒会带来厄运，但他无论走到哪里，都得到命运的眷顾，这就是命！不过，有一点可怜的是，他很早就是一个孤儿，不然的话，如果上了学，一定也会成名成家的。"

文明先生惊讶地反驳道："那又怎么样？您说什么呢？这有什么好抱怨的呢？捡球也好，在服装店里帮忙也好，都是帮助社会进步嘛！他是一个孤儿，这一点说不定将来更有助于提高他的声誉！官宦子弟名利双收的事情多了去了，一般人都觉得没什么好宣扬的。可是如果一个平民子弟取得成就，那才应该感到自豪！全世界的人都会尊敬这样的人！现在贵族资产阶级都落伍了，老百姓的地位提升了。平民万岁！老百姓万岁！"

听到那几句话，副关长夫人也觉得外甥女婿是文明、新潮的人，与留学生的身份非常相称，尽管他并没有拿到文凭。她把狗狗露露抱到胸前，像抱紧一个情人一样，打了一个长长的哈欠，然后说道："都说过了，为什么老不听。"

文明先生向后靠在椅子上，拿出 18 Ăng-lê（英国）^①香烟来抽。他老婆把两只脚放到桌子上，是那种矮矮的桌子，派头俨然是一个新式妇女，问道："奇怪了，为什么今天下午没有什么人来玩儿呢。"

"等一下我的一些朋友会过来玩儿。"

"你说的是谁呀？亲爱的，是新派还是老派人物？"

文明先生回答道："直言博士与约瑟夫·设，还有其他几个朋友。"

"啊！"

"我想你以前见过他们，那几个人我曾经介绍给你过，他们打算做一个……"

"太好了！"

这么喊了一声。副关长夫人用手按了一下电铃叫厨

---

① 法语 Anglais 的越南语转写。

师。厨师立刻跑过来了,她下令道:"去买冰块,准备一下饮料。把大门打开。把几条狗的绳子拴好,快一点!"

天花板上的电扇旋转着,把那薄如蝉翼的衣服吹起来,就像是在两位妇女白皙的皮肤上翩翩起舞,泛起一阵阵美学的波澜,尽管她们的心思不同,但她们都是新潮女人。时钟的声音使房间显得非常静谧。手里抱着洋狗,两只眼睛茫然地望着电扇,副关长夫人的越南灵魂仿佛走在进化和解放的道路上。文明夫妇两位也恹恹的。他们一直以文明的方式追求人生四大乐趣(吃饭、睡觉、做爱、如厕),宣扬民粹主义;但现在他们好像在沉重负担中变得疲惫不堪。

外面一声长长的铃声使得女主人坐了起来。

几分钟后,一个老者佝偻着走了进来,文明夫妇站起来,副关长夫人招呼道:"您好!实在想不到今天鸿老爷过来我们这里玩儿啊!"

鸿老爷在答话之前抚着胸口使劲咳嗽了好一会儿,那咳嗽的样子很可怕,就像是被老挝烟呛着了。尽管已经是仲夏,他还穿着棉衣和皮鞋。他走进来之后就像好一阵薄荷味也飘进了房间的空气里。在他胸前还戴着几枚勋章。

文明夫妇互相望了一眼,流露出非常厌烦的样子。鸿老爷是文明先生的父亲。以前,老爷子是一个通判。退休时,说是他帮助皇帝治理国家整整三十年,国家授予他鸿胪寺少卿。他是一个忠诚的保护者,一位模范职员,一名仁慈的父亲,像奴隶一般费心费力照顾孩子们。他也染上了鸦片瘾,这一点真表明他是一个完完全全的越南人。

鸿老爷的平生之志是能当上曾祖父。因此还不到五十岁，他就表现出老态龙钟快要死的样子：上街就穿棉衣，没到寒冷的季节就披上厚重的 bađơ xuy（披风）①，在给车夫付费之前，他要捂住胸口咳嗽五分钟，然后故意数错一分钱，以便车夫以为他老糊涂了。他躺在榻上抽鸦片，听别人谈话时常常闭上眼睛，皱着眉头轻轻地说："知道了，说个没完，真烦……"尽管他还没明白故事的原委，尽管他还很乐意听下去。

时下许多富贵有钱的人耗费巨资送孩子去法国"留学"，鸿老爷因此也很佩服自己的儿子。很多时候在饭后，他讲起儿子的故事，就好像端出一道精美的 đét-se（甜点）②。尽管他的儿子文明先生只是去游学，连文凭都没有拿到。

他也抱怨儿子没有拿到一纸文凭，但儿子分辩说："学问不是由文凭决定的。像范琼、阮文咏③，如果考察他们的文凭，他们就成了没有接受教育的人了。"听到这些话，老爷子安心了。此外，老爷子还非常敬重儿子的一点就是，儿子是一名在现行法律框架内的革命者，儿子正在做的事情，是一种热烈的有效的社会改革，不担心会进监狱，不担心遭到杀头。一些愚蠢的人，说要给同胞谋幸福，却没有让同胞懂得跳交际舞，懂得什么是新潮的服

---

① 法语 pardessus 的越南语转写。
② 法语 dessert 的越南语转写。
③ 范琼（1898—1945）、阮文咏（1882—1936）都是精通法语的著名知识分子。

饰。这使得鸿老爷全心全意支持儿子，同时他也不能容忍自己在文明方面的无知。他对大法国忠心耿耿，对儿子也忠心耿耿，他还学会了儿子的一些洋腔洋调，比如称呼"你""我"时都不用越南语，而是用法语的 toa（你）、moa（我）①。他特别喜欢法国的一切，也乐意让他儿子效仿法国与中国的所有举止和一切事情。

副关长夫人伸手扶住鸿老爷进屋。他小心翼翼地坐到椅子上，那样子像他是一位真正上了年纪的老爷子。

他问道："Toa（你）是什么时候到这里来的？"

他儿子答道："就是刚才。"

"Moa（我）来找 toa（你）有事儿。你爷爷快死了。我觉在他死之前得给他找一个医生看看，让他现在也享受一下西医科学。"

副关长夫人惊讶地问道："咱家老爷子是哪里不舒服？"

鸿老爷咳嗽了好一会儿，才不慌不忙地回答："疼得很严重。您想想看，已经八十岁了，还一直活着。"

文明太太撇了一下嘴说道："这么活着真是违反天理。"

鸿老爷解释道："所以，我希望老爷子走，因为他早一点死，比活着吃不得睡不得要好多了。一天到晚都在呻吟，躺在哪里都便溺，这样活着有什么意义呢？而且，万

---

① 法语 toi、moi 的越南语转写，后面还会多次出现，相应的中文根据文意调整。

一我死在他前面了，家里就要背上无福的名声了。他先死才会有人眷顾，看在我的面子上去给他送葬的人会很多，葬礼才会隆重。"

副关长夫人笑了，那笑声很假，就像是在剧院舞台上演出发出来的那种笑声："这样的话还请医生干吗呢？"

"啊，要请的嘛。即使老爷子因为医生而死，那也比没有医药而死强很多。我们请医生的目的是为了让病人死，而不是要操心给他治病，让他活下去。"

文明先生从容答道："那就不需要请什么名医了。"

他父亲接着说道："就是这个意思。我只是需要一个江湖郎中罢了。我想看看你的朋友中有没有差劲的医生，就是那种病人很少光顾的医生。"

他儿子坐在椅子里抱头沉思，那样子就像是人们主张用科学手段进行一场谋杀一样在思考。然后他说道："我有一个朋友，他开了一家诊所大约两年了，他也是跟我一起同船回国的。因他而死的人不在少数。他用错药物不少。一个病人下巴上长了一个小疙瘩，找他看病，结果他用中药给治死了。他庸医的名声简直是无人可比的。"

文明太太问道："就是那个设计害了一个女病人的一生的那位？"

"就是他！"

副关长夫人睁大眼睛问："谁？谁？谁呀？"

"我们只是需要一个医生装装样子，或者开一个猛药单子，只要足以让我家老爷子死掉就行。"

副关长夫人商量着说："咱家老爷子已经八十岁了，

现在咱们去请一个专门给儿童看病的医生来治病，这是上策。或者他胃痛就请一个专门治眼疾的医生，要是他咳嗽的话就请一个治疗梅毒的医生……"

她停了一下接着说道："对！一个八十岁的老者，生病了，根本不需要请一个称职的医生。"

鸿老爷沉了一下脸，说道："可能我家老爷子根本没有什么病！"

文明太太礼貌地说："爸爸，这样就更担心了。如果他有心脏病我们不小心正好请了一个治疗心脏病的医生，如果他胃疼我们又正好请对了治疗胃病的医生，那才真的危险呢。"

这时，红毛春轻手轻脚地走进来问候大家，大家都敷衍地点了点头，都没怎么搭理他。他坐到椅子上，察看比较刚刚做好的西服，由于那个通判给了五块钱的小费，他暗自高兴："头上长角的丈夫们万岁！多么希望大家都长角！"此时副关长夫人又问鸿老爷："那咱家老爷子到底是怎么个疼法？"

"很多症状！整日整夜咳嗽！问起来又说胃疼，真是怪！"

红毛春快速问道："老爷，病人很难呼吸吧？有痰吗？"

鸿老爷说："有。"

"那这，用龙涎香就好了。"

"可是他胃疼嘛！"

红毛春又像一个正宗的郎中一样灵活地回答："这种

情况，病人可能得了两种病，一定是上了年纪的人吧？胃疼只是气血瘀滞，消化不好。或者有时候是因为房间里空气不流通，有的人非常疼痛，有的人隐隐作痛像是假装一般，有时候从肚子疼到后背。病人平时是饭前疼还是饭后疼呢？"

"好像是饭后疼。"

"这说明胃里有很多酸水，因为缺少酸水久容易在饱的时候疼，而酸水多了就会在饿的时候疼。"

听到红毛春讲了这么多，副关长夫人和文明仿佛都觉得他很有经验，不明白是什么原因。

实在是奇怪，无法想象是这样。

鸿老爷敬重地问阿春："先生，您是干什么的，怎么这么熟悉医理？"

红毛春还没来得及回答，文明就站起来接过话题说："他是一个医学院的学生，是我的朋友，我忘了把他介绍给您了。"

红毛春没想到，他小时候在一个药店门口坐着读的广告，坐在车前穿着夏洛特衣服做的广告，戴着面具吹喇叭四处为一个南圻"药王"宣传的东西，这些他练习了很久的东西，好像很科学，他要因此走向富贵了。

第七章

活人的祝辞

科学辩论

爱情，你还在等什么？

鸿老爷那时正闭目养神。在床榻中间放着鸦片烟灯盘，他躺在一侧，人力车夫在另外一侧，他夫人坐在他们脚边。人力车夫此时已经洗干净之前赶车马的双腿，来承担起伺候主人吸食鸦片的重任。

鸿老夫人说道："老爷，我还是想请一个中医……"

鸿老爷沉了脸，对夫人轻声呵斥了十次："知道了，真烦，说个没完！"

夫人懂他的脾气，还是坦然地接着说道："嗯，我们应该开始着手安排葬礼……"

"知道了，真烦，说个没完！"

"我呢，我认为我们应该把传统仪式和现代仪式结合起来，也就是要有铭旌①、灵棚、喇叭、八贡轿，当然还有挽联。同时可以去租西洋的乐器，这样更好。但不能因为他们喜欢，就把我们喜欢的东西抛弃了。"

说完这些，她没再接着说话，只是默默地坐着，鸿老爷不得不接着问："然后怎么办？你说。"

人力车夫已经习惯了他们这样，所以也没觉得可笑。他夫人又讲述了一遍那些复杂的礼仪，一旦他们家有人死了，荣幸地成为丧家，怎样按照惯例让他们家成为一个娱乐的地方。

此时，鸿老爷夫妇就在他们那华丽的乌龙床边商量着丧事，而在屋子外面，在远离他们的地方，文明夫妇和他们的朋友，还有一些亲戚都轮番跑去那生病的老爷子床边，拉开帐幔小心翼翼地看一眼，表明他们是来尽一个看望病入膏肓的人的义务。之后，他们聚到客厅里喝茶、抽烟，愉快谈笑。病人要死，对他们来说实际上是一件值得高兴的事情。因此，他们讨论着病情，就好像屋子里已经有人死了，而不是躺着一个病人。

WAFN（我爱妇女）先生被请来设计几件葬礼用的最新款服装。记者先生也被主人恳请写几篇讣闻，几篇详细的文章，配上几张照片登到报纸上。

文明太太非常高兴地说很快就可以穿戴全白的衣服了，这是她渴望已久的。文明先生坐下来抽老挝烟，希望能分到祖父死后应该给他的财产。

---

① 旧时竖在灵柩前标志死者官衔和名字的长幡。

一年多以前，刻薄的老爷子就已经找了一个文房律师为他准备遗嘱，预备一旦自己死了，他的几十所房子如何分配给子孙……老爷子不知道他的死对于子孙们来说是一件大好事，他们都天天盼着他死，即使他多活一天、一个小时，他们都嫌长。以前，老爷子白手起家致富，一生都在为家人努力工作，而现在死似乎也成了他要对家庭承担的最后义务。

阿新，人们称作秀新的，不是因为他中过秀才，而是因为三次秀才考试都名落孙山，此刻正捣鼓着几张照片，想看看哪一张适合在葬礼那天使用。

副关长夫人正抱着她的"求子"男孩坐在那儿，仿佛一位慈母。

约瑟夫·设，文明先生的一个朋友，坐着沉思，想办一份保皇的报纸，不是为顺化朝廷做事，而是为法国的Orléans（奥乐斯）家族，为 Léon Daudet（莱昂·道得）先生办事儿。

趁着即将有丧事的机会，他鼓动文明先生说："Bainville（班雅尔）死的时候，我还是一个火十字党员，去送葬，巴黎半个城市的人都去了，包括极右的政党……"

但没人听他讲话，因为大家都在听 WAFN（我爱妇女）先生说："衣服一定要用黑边的白色上海绉纱。衣领上要有花纹，袖子上要有黑边，帽子上也是，白底黑边比黑底白边更突出一些。"

副关长夫人赞叹道："这样最好了！这样大家都想要！"

阿福转过头说了一句："我不要。"

文明太太两只玉手轻轻地抚摸了他一下，说："很好！Dernières créations（祝贺）！"

只有那个长角的通判先生默默坐着，双眼带着怨恨。因为没有看见他老婆在这里，他很郁闷。他想找红毛春也没找到。于是他问文明先生："您知道阿春先生在哪里吗？"

"他去拿药去了，很快回来。"

大家接着闹嚷嚷地讨论起讣告的有关问题。

那中间，阿雪进来了。她是鸿老爷最小的女儿，才刚刚十八岁，长得颇有姿色，又带有新式的浪漫。

她说："我去了两家中医店，一个老中医都没遇到，我只好留言让他们两个人都来。"

鸿老爷的夫人在房间里脱口而出："完了！你怎么这么愚蠢啊，孩子。要是两个老中医都跟我们生气了，那就完蛋了。"

"什么？干吗要请两个人都来。我已经让阿春先生去碑庙求圣药去了……"

文明的朋友约瑟夫·设立刻喊道："哦，你怎么又能接受碑庙的圣药了，你真是疯了。"

"不！治病主要在于对药物有信心，你得明白什么是自我暗示才行！一旦信任，病就好了，而咱们家的老爷子很信任碑庙的圣药。"

"那为什么说有一个医学院叫阿春的大学生跑来为老爷子治疗了？"

文明先生立刻解释道："正是如此！阿春跟我家老爷子坐着聊天，老爷子非常佩服他。这真是一个好消息。然后阿春也非常赞同碑庙的圣药，所以你干吗说我家老爷子不会好起来？两种信任足以使一个江湖郎中也变成一个有才的人！"

约瑟夫·设因为不明白隐情，不了解朋友的心思，大表赞同："这么说也有道理。"

得到这样的赞同。文明又骂妹妹道："是谁让你去请郎中的，啊？"

阿雪辩解："老妈让我怎么做我就怎么做，我自己懂什么呀。"

文明跑去房间里找到他妈妈："唉，烦死了，真的烦死了！会因为药物而死的！请那么多郎中干吗？'厨子多了煮坏汤'，您不知道这句俗语吗？"

老太太撇了一下嘴，辩解道："哼，那就让两个郎中都开几服补药试试。"

鸿老爷闭着眼睛，转移话题："知道了，烦死了，说个没完……"

"把人家惹生气了，咱家以后有其他人生病，谁再来给医治呢？"

正当大家讨论不休时，红毛春进来了，他腋下夹着一个脏兮兮的瓶子，手里拿着一包很奇怪的叶子。他看见通判先生，突然想起他刚订做的西服，立刻明白了人生在世"信"字的意义。于是他慢条斯理地说："您好！您是……"

但长角的通判先生急忙眨眼摆手示意，他只好打住了。人们围在红毛春身边询问他这一趟行程及碑庙的情况，口吻甚为巴结，就像他是一个皇子。尤其是阿雪，在听见自己的亲哥哥介绍说红毛春是医学院的大学生之后，就站在那里痴痴地望着他。文明瞪大了深陷的双眼，伸着脖子，捋了捋卷曲的头发郑重地说道："先生们，女士们，请大家上楼去看看圣药的效果吧！"

人们都站起来打算跟着文明上楼到病人的地方去。

此时，脾郎中和肺郎中已经同时乘车来到了他家，车夫见他们是医生，正准备向他们索要高价，阿雪出去交了车钱。

在众人有点不知所措，不知道怎么办的时候，鸿老爷从座位上站起来，请大家上阁楼。

当时在阁楼上只有二老爷和他的女儿阿娥。二老爷虽然是鸿老爷的亲弟弟，但他一直在乡下生活，因此在家族几乎得不到尊重。在他眼里，他的哥哥、侄子夫妇就像落入凡间的仙人，他们的行为举止就像来自天堂一般高级。不过，他从未公开表达过这种想法，因为担心这会暴露出他是一个落后的乡巴佬。就连他的女儿阿娥，每当她定期进城回到村里，对村里人讲话中夹带一些在城里学到的新潮语言，带回一些从当时风靡全国的进步、文明运动中所学到的与村里格格不入的东西，他都不敢批评。但一听说老爷子病重，他就急忙赶到省城来，日夜在床榻边伺候父亲，扶他起身，递痰盂，喂他喝粥……他不恨鸿老爷只是安于享受鸦片而不照顾老爷子，也不恨侄子们。在他心目中，他们对他父亲的忽视，只是给了他更多的机会去履行自己的孝道。

人们小心翼翼地上来，每个人都自己找了一个位置，没有谁请谁。文明夫妇让脾肺两位郎中坐在病人身边，然后拿起一包叶子和一瓶圣水。

"这是我们在碑庙为老爷子请的圣水。两位先生，人间的科学再怎么进步，挽救众生的神灵依然具有特效。"

脾郎中举起那包叶子，看了一会儿说："哦，这是饭包草！不过就是这个东西嘛。"

肺郎中拿起水瓶，在灯下看了看，说："哦，什么鬼水呀，就是池塘里的水吧？"

文明朝红毛春递了递眼色。他立刻说道："是，不过就是这些，但是这药有非常神奇的作用。我在庙里请了阴阳的，得了圣灵的启示。我知道上千人因为用了这药方而病愈了。"

脾郎中面露愠色："这种治疗方法是多余的，白费力气而已。我已经开了三剂药了。病人的康复正在进行中……"

肺郎中也含沙射影地说道："先生，我不是来跟您争功的，我也不想质疑您的医术。但如果您的药物有效，那么人家也不用去碑庙请圣药了！"

脾郎中生气地把水瓶从肺郎中手里抢过来说道："让我看看！这水不是池塘的水！这种水就是稻田里的水！要是他喝了这水，就没法康复了！病人就不可能治愈了！"

肺郎中辩解道："您跟谁耍性子呢？您生气干吗呢？那又不是我开的药方！"

但是脾郎中不肯承认失误，还大声说道："是！不是您开的药方，但是它是稻田的水而不是池塘的水！真正的医生就得能分辨出池塘的水和稻田的水。"

肺郎中噌地站起来："算了，服了您了！全世界大概就只有您一个人懂得配药吧。"

"我懂不懂配药，您管不着！"

两位名医此时一起站起来瞪着对方。两个人都气势汹汹的，没有人能劝解得了。

"好吧，别吹了！巡抚薇老爷的葬礼不过是前天才举行的，对吧？"

"啊，啊，巡抚薇老爷也享年六十多岁了！你想栽赃给我呀？算了吧，你为什么不提参事咏先生的女儿阿赞呢，不是你给她抓了两服药就猝死了吗？"

肺老爷举起双手在众人面前分辩道："谁说的？谁说是那两服药造成的？她发烧还吃李子，怎么能怪我？！她本来可以好起来的！你大概没有忘记是你给那个店员阿大开过两服胃疼的药吧？他吃了你的药差点没命！你就这个水平还当医生！他们应该把你抓进牢房才对，你这个庸医！"

脾郎中坦然地坐到椅子上，不慌不忙地说道："庸医？！我可是从来没有让人家堕胎。"

肺郎中不禁瞪大了双眼："啊！您胆子真不小啊。再继续说啊，再说一句试试！"

"怎么，我还怕你不成？到廉风署去说说吧！"

"哼！不是吓唬您。还不止这些。请问是哪个家伙按摩一个病人的眼球，结果人家的眼球突然掉出来了？！你是罪魁祸首！你就是浑蛋！"

"我要说他本来就是一个瞎子，你怎么说？你想我翻出那个小孩得慢性哮喘你却用耳叶子治病的丑事吗？"

"你怎么不说副关长夫人得了神经病症你却诊断出怀孕的事情啊？"

副关长夫人正吃吃地笑着，突然难为情了，急忙跑到外面去了。

"你真是混账！那阿娥狐臭你却用薄荷油治疗了六个月，到现在也没好，你怎么说？"

"六个月？那阿雪身上的疥疮你都治了三年还没弄干净呢。"

阿娥和阿雪正笑个不停，突然也脸红了，呆若木鸡，然后推着对方缩着脖子跑远了！而文明先生拉着脾郎中下楼，二老爷拉着肺郎中到另外一个地方。鸿老爷只是不停地说："知道了，真烦，说个没完。"

但其他人有的窃笑，有的围住通判夫人劝解，因为她哭了，自己的小女儿身上的疥疮被人家当众说出，她觉得很丢脸。两位名医的斗嘴使得躺着呻吟的八十岁老人醒来了，整个人就像没生任何病一样。他茫然地问道："哦，怎么啦？什么事情让你们说说笑笑这么开心？我刚醒来，我怎么睡得这么沉？"

文明此时已经送走两位名医，连忙坐到床边，说道："爷爷，孩子们是因为您的病好了而开心呢？"

"我病好了？我，还没死？老天爷！"

"爷爷，多亏阿春医生，您的病才好了呢。"

"哪儿？碑庙的圣药在哪里？"

"您已经喝了一半了，所以才醒过来的呢。"

"这样啊！"

"是的。"

说完，文明又用眼神示意红毛春说道："老爷，我已经请过阴阳……得了圣灵启示，承蒙圣灵的恩情，他帮了我，一般郎中是不可能得到圣灵帮助的。"

老爷子高兴地问："药在哪儿，我要把剩下的都喝光。"

红毛春把取自稻田的那瓶水和饭包草递过去。老爷子说道："听人家说是圣灵赐给我的药应该是池塘的水，很脏，很腥臭，很污秽，那样才能治病。你们不要欺骗我呀。"

他们给病人吃几株饭包草，喝几杯稻田的水。真是圣药！病人半个小时就异常清醒，能独自坐起来，还能喝下半碗粥。

夜里，大家都去睡觉了，病人房间只有红毛春和阿雪在照料一切。连二老爷也在旁边的长椅上睡熟了，因为他感到安心一些了，老爷子会康复起来的。阿雪以孝顺为名跟阿春一起守夜。双方虽然没有谈什么，但四只眼睛已经胜过两张嘴巴了。

病人睡得很安稳，没有咳嗽，没有呻吟，也很少出声音。

月光透过窗户照射进来……

过了好久，阿雪鼓起勇气说："先生，那个郎中说谎，我……我好早以前就没有疥疮了。"

红毛春不知所措地坐着，没有说话，这让阿雪不得不暗自思考："啊，人家高高在上，因为是医学院的学生。"

然后阿雪抱恨回到自己的房间了。

第八章

欧化店平民的胜利

一场金融阴谋

一场爱情阴谋

最近两个星期，平民运动大获全胜。

两个星期前，红毛春被命运推搡着进入了文明夫妇的资产阶级家庭。日子一天天过去，红毛春的威望和影响力与日俱增。他得来这些几乎毫不费力，他没有意识到自己逐渐成了社会中的一个重要角色。他的愚蠢被误认为是礼貌、是谦虚，这反而使得他更加受欢迎。现在，他不需要努力，只需等待，命运早晚会把他推向高高的顶点。

算命先生又有几次被请到副关长夫人家，每次去时他都称赞她守贞，说她的那"求子"男孩真是老天爷、老佛爷赐予的孩子。他也总说红毛春会有一个辉煌灿烂的未来，会名声大噪。副关长夫人也称赞红毛春受过良好的教育。而那个头上长角的通判，也经常在鸿老爷（就是总爱说"知道了，真烦，说个没完"那位爷）面前夸奖红毛春前途无量，尽管还这么年轻。

而鸿老爷也到处称赞红毛春是医学院的学生，在他父亲面前和夫人面前都说。这些人无意中提及这些话，后来就很多人都知道了。结果是这样出乎预料，红毛春只能说算命先生是鬼谷子再世，只能这么解释了。

只有文明夫妇清楚整个事实，但已经到了有口难辩、有苦难言的境地。宣称红毛春原本下流，在球场捡球，因为偷看女人的淫俗作风而被赶出来的？天哪，如果这样说，这对他们欧化时装店可不是一件好事儿！那样子的话，哪里还会有女顾客因为喜欢红毛春的伶牙俐齿和鬼机灵而光顾他们的店？

文明太太是这样想，而文明先生想的是，既然已经蒙骗了他的孝顺父亲说红毛春原本是医学院的学生，是谨慎的"医生"，现在还能怎么说?! 因此，尽管文明夫妇怨恨红毛春不幸用碑庙的圣药救活了自己的爷爷（这原本是不可以饶恕的事情），但是他们也只能置之不理。

就连鸿老爷（爱说"知道，烦不烦"的那位爷）尽管也有点扫兴他父亲因为喝了稻田的水和几片草药没有死成，但他也不敢对红毛春表示不满。他儿子说他是医学院的学生，他女婿，那位长角的通判先生，也时常提醒他不要忘记红毛春是一个值得敬重的人，极有学问，又极为正派。

因此，在通判夫人、二老爷、阿娥、阿雪、约瑟夫·设称他为医生时，红毛春俨然一副受之无愧的样子，总是微笑自得，毫不辩解。而每当副关长夫人偷看他，嘻嘻哈哈地调笑他时，他还装出一副冷淡、正经的样子。

老爷子完全康复，想感谢医生，鸿老爷的夫人就请红毛春到家里参加了一场盛大的宴会。这件事开了先例，后来成为一种习惯。从那以后，红毛春经常跟副关长夫人、文明夫妇一道，以自由平等的理由参加宴会。后来一旦谁能请红毛春一顿饭，都好像是一种无上的荣幸了。已经有这么多人喜欢他，敬畏他。也有人开始嫉妒，但是那没关系。重要的是，有人器重他。

长久以来，生活在谨小慎微、战战兢兢的混乱氛围里，现在突然转变角色，红毛春也有一种高高在上、轻视他人的感觉了。

按常理来说，一些谦逊之人容易被轻视，因此红毛春就越发骄傲，越发装出一种特别发迹的样子，而他也越发得到大家的敬重。他的沉默也具备特别的价值，被认为暗含某种权威力量。设计师和缝衣服的工人认为他具备与老板和老板娘抗衡的势力。阿雪敬重他，因为他得到了老夫人的敬重。WAFN 先生，约瑟夫·设先生，以及直言医生，连同文明先生的亲弟弟秀新都一副阿谀的样子，讨他欢心，因为大家都认为在鸿老爷（总说"知道了，烦不烦"的那位爷）那传统的思想里潜藏着一个秘密，那就是打算把他的阿雪，美丽的、珍贵的女儿嫁给红毛春。"兴许是自己骗了自己，兴许是被无数人骗了。"总之，现在大家囿于一种不得不敬畏红毛春的束缚之中。

这真是平民运动的胜利啊！

那天下午两点，副关长夫人坐着一辆汽车到了欧化时装店，想请红毛春上西湖去参加一个很厉害的集会，那是La Journée Hanoiennes（河内舞女的集会）。政界很多有头有脸的人都会参加。当看见店里只有红毛春时，副关长夫人很惊讶地问："阿春先生啊？为什么不关门休息一个半天呢？"

红毛春坦然地回答道："什么事儿要休息呢？他们走了，店里就我一个人也能应付得来。"

副关长夫人想了很久，然后夸奖他："阿春先生知道这个消息了吗？先生？"

"什么消息？"

副关长夫人急忙说："啊，是我的网球场，快建好了。"

红毛春简单回了一句："不错!"

副关长夫人有点惊讶他的话语如此不同寻常，但还没有愚蠢到去审问他。她猜想可能有她不知道的"某种原因"，红毛春才敢用刚才那种语气跟她说话。她觉得有点尴尬，于是又问起那天的计划："先生，那么您不去参加集会吗？"

"欧化运动一天没有我都不行啊!"

"那，设计师和裁缝他们去哪儿了呢？"

"几个缝衣服的姑娘要穿几套大丧小事的衣服，是WAFN先生设计的，而且这个店里的其他人还没有穿过，因为老爷子已经被我救活了，免死了。几个缝衣服的姑娘和临时工……您明白吗？衣服还没有做好就要行动，先做广告嘛。那几个工人也都去参加集会，主要是去分发店里的广告。”

"我准备跟文明夫妇一起去玩，也想约你。"

"他们都已经走了。"

红毛春就那么从容地回答，手还流连在一对橡胶乳房上，那是从法国刚刚运到大瞿越街这边支持欧化运动事业的。那些色情的器具放在一个非常漂亮的盒子里，裹垫了好几层闪闪发光的包装纸。副关长夫人看着那些怪物，眼里流露出特别渴望的神情，又看到空空荡荡的店里只有红毛春一个人，这种情况真是罕见，所以她不想放过这个好机会。她犹豫着想一句什么话来提及那对橡胶乳房，可是不幸，阿福坐在停在外边的车里不停地大喊大哭。她痛苦地握了握红毛春的手，径直走出去了。

红毛春站起来暗自笑了笑，副关长夫人虽然老了，却比无知少女还天真，这一点他很清楚。他只要点一下头她就上钩。可这么老了还想那些风流事儿，真不要脸！不就是仗着有钱吗！他这么一想，更加佩服算命先生的才华，当时他就说他今年一定会走桃花运。然后他期待着能有办法赚钱。如果副关长夫人了解他的心思，一定会责怪他实在是无情。他发现了一个道理，这个道理可能许多哲学家活到头发花白才能发现，那就是：在爱情方面要欲擒故纵。

他正高兴地想着这些，突然扫兴了，因为那位所谓头上长角的通判先生，一拐一拐地走了进来，嘴里还念念有词，不知道他在说什么，他又抬起手，像是要握手。红毛春跟他握手完毕，然后挺胸大声说道："先生，您是一个头上长角的丈夫啊！"

"太好了！多谢！万分感谢！"

长角的通判先生深表感谢，就像他这是头一回有人向他告密，告诉他那个惊人的消息：他老婆跟别的男人睡了。但是这是他说顺嘴了，而不是他真的感动了，因为他马上拉了一把椅子，坐到红毛春对面，说："那么下次请您一定就这么大声说啊。我的意思是说下次您看见我跟我老婆在一起，尤其是还有鸿老爷和祖父在时您这么大声说这个就更好了。"

红毛春想了想，说道："哎呀，怎么可能在您夫人、鸿老爷和祖父面前这么说呢？"

"必须这么说呀，不然我花几十块钱雇您干吗呢？"

红毛春担心了好一会儿，又问："要不我把您的钱还给您好了。"

通判突然腾地站起来了，就像是被弹簧弹起来，失声尖叫道："天哪！这样我就死定了！这样我得自杀了……"

红毛春吓了一跳，说："死！可是我不明白为什么您要我在别人面前骂您是一个头上长角的人呢。"

但通判先生不仅不解释，还又说道："不！不能这样！您已经向我许诺了。只有那些遵守诺言的人才是可贵的！况且，您知道您在家里可能站不稳脚跟了吗？"

"站不稳脚跟？"红毛春问道，话里有一点担心。

"是啊！您不知道吗，那让我来告诉您吧，WAFN先生现在正记恨您呢。一是因为您让他老婆变坏了，二是您在接待顾客方面也比他厉害，三是您还懂得揣摩那么多妇女要订做的衣服，四是您降低了他的威信，抢夺了他的势力。这四点都是相当可怕的。副关长夫人也好像完全向您学习，至于什么原因我不清楚。而且连老板夫妇也暗自嫉妒您呢，快把您视为敌人了。为什么呢？您知道吗？因为一方面您让老爷子脱离了险情，另一方面您使得阿雪跟一个杰出青年悔婚了，所以您要注意啊！我出于人情把这些都豁出来告诉您了。您看，我对您都这么坦诚了，您难道不肯帮我一把吗？"

"那，现在应该怎么办呢？"

"要像我以前叮嘱您的，这样的话，对您和我来说都可谓一举两得。"

"怎么做？"

"您改正之前犯下的错误，那些恨您的人会转过来爱您的。"

"我已经遭人恨了吗？就因为我治好了老爷子的病而恨我吗？"

"正是如此。只有通判夫人因为这个事情非常仰慕您。但是她在家里没有地位，您必须仰仗鸿老爷，仰仗文明夫妇才行。"

"您的意思是说要在您老婆和您祖父面前说您头上长角了？"

"对，就是如此！如果老爷子立刻死去的话，那么，大家就都有钱花了。连我也会分到一部分钱花。"

"真的吗？"

"您会明白的。因为要是我有钱了，那么您，您也就有钱花了。"

可红毛春想了想，摇头说道："我不能这样做！这是杀人啊！我不想成为杀人犯！这真是罪大恶极！不能这么做！"

"哦，如果您杀了一个人，反过来，您却让很多人得到快乐。这就应该做，是吧？如果不能马上做，拖延的话，您，您早晚会被解雇。"

红毛春握住长角男人的手："这样的话，那么我再向您许诺一下，以我的名誉担保。"

通判先生高兴地紧紧握住他的手，开心地说："好了，我现在去局里上班了，先谢谢您啊！"

通判先生刚离开，店里跑进来一位美人。红毛春以为是某一个想做服饰的新潮妇女，内心狂喜不已，可是来人是阿雪。她气喘吁吁地问道："通判大哥他刚刚有没有看见我，有吗？"

红毛春连忙答道："没有，他根本没有回头看。"

"这就太好了。店里没有其他人了吧？"

"是的。为什么你不去西湖集会呢？"

"我不喜欢呗。那个地方，舞台上都是一些歌女、舞女，她们穿得比我新潮，或者穿得跟我一样新潮。我，我是名门闺秀，我不想被别人误会是一个舞女。"

"你说得太对了。"

"但是，不要以为我不会跳舞哦。"

"啊，嗯，是的。"

"你会跳舞吗？我们试着跳一曲探戈好不好？"

红毛春害怕极了，摇头说道："啊，这个，换一个时间吧。而且，跳舞是要有音乐的吧？如果您想跳，咱们找个时间我陪小姐您去酒吧跳更好啊。"

"真的吗？那咱们约定了啊？医学院的大学生不会是装样子的吧？"

红毛春辩解道："完蛋了！小姐您这么说真是，我很少跟人说话，还被误会我是一个清高的人。而且，轻视别人的话也不敢轻视小姐您啊。您不轻视我，就算我的福气了。"

这是红毛春头一回敢于表达感情，也是头一回有这样的机会，因此阿雪非常感动。为了掩饰感动，她指着那堆橡胶乳房问道："那些是什么啊？"

"啊，是橡胶乳房。是为那些欧化的文明先进妇女准备的。"

"这样啊！那我会告诉我的那些姐妹们。我有很多新潮女友。这样您的欧化时装店就更加顾客盈门了啊。"

红毛春开心地说道："嗯，不过，您就不必使用了。"

阿雪撇了撇嘴，挺起胸，说道："我当然不需要。我的乳房长得好得很。那些新潮女孩的乳房有几个比得上我的？而且，我的是货真价实的哦，可不是橡胶制品。"

阿雪说出这些话，好像有点担心这样还不够文明、新潮似的，继续说道："我可以允许您检查哦。"

狡猾的红毛春却把手收到背后说道："眼下这个时局，谁说得清楚。一切都是假的！爱情也是假装的，新潮也是假装的，连落后都是假装的！"

阿雪生气了一会儿，然后很正经地说道："那么您就试着检查一下我，看看我这个是不是假的！"

　　红毛春看了看外面，见四下无人，就把手放到阿雪的乳房上，用手捏了一下看看真假。没有什么可怀疑的了，他在阿雪的手上亲吻了一下，表示感谢。然后说道："只有小姐您一个人不是假的。"

　　阿雪长叹了一口气，最后轻轻地说道："先生……哥，我想您帮我一个事情，我会好好感谢您的。"

　　"非常荣幸为您效劳。"

　　"我不想嫁给那个人，因为如果我嫁给他，他肯定会长角的。比如有一个像您这样的人找我的话我肯定会出轨的。而且那个人很土气，不懂得像文明人士那样爱老婆。真是很烦哪，哥哥。"

　　"那么，我能做什么呢？"

　　"那个，您就假装追求我，咱们假装勾搭在一起，互相很着迷，无法分开。只是假装在一起，越堕落越好，我现在需要让人看起来是一个名声败坏的姑娘才好。"

　　"那为什么呢？接着怎么办呢？"

　　"您也会蒙羞的，别人会认为您是破了我处女身的人。"

　　"如果你保证以后不让我长角，那我就不仅仅假装勾引你，我会真的破坏你处女身的。"

　　"医生哥哥呀，您说的是真的吗？"

　　"能成为你堕落的原因是我莫大的荣幸！"

　　"那太感谢了！我好爱你呀！那您可得请一段时间长假。像我这样一个纯洁的有教养的姑娘，您打算花多久来让她堕落呢？亲爱的？”

那天下午剩下的时间里，红毛春这个平民出身的男人，与摩登女郎阿雪，继续展开了相关“讨论”。

第九章

人间的蓬莱仙境

女人的通奸哲学

"半个处女"

在河内市区的西边有一个湖泊，人们费心在中间修了一条道路，把一个湖泊变成了两个，大的那个称为西湖，小的那个称为竹帛湖。而中间那条道路就是古渔路[1]，远近闻名，全国两千万同胞[2]中无人不知、无人不晓。因为一些闺阁少女或非闺阁少女，常常同高等专科学校的学生、法律大学的学生，或那些不属于任何正规学校的学生们一起，夜夜去那里调笑玩乐。他们的目的是破坏彼此家庭的规矩，大约几个月以后，他们就会相约双双跳进湖里。

---

[1] 现在已经改名为青年路了。

[2] 越南人口在 1930 年代大约两千万，到 1945 年前夕也基本是这个数字，目前人口九千多万。

一开始人们喜欢跳进西湖，但是因为湖水很深，那些扬言自杀的人跳进去之后不幸很难生还。于是，人们转向了较浅的、危险性小的竹帛湖。因为这个原因，政府也聪明了，派人立了几块牌子，上面写着"禁止将垃圾倒入西湖"。于是竹帛湖就更受欢迎，跳的人就更多了。

　　夜复一夜，那些水性好的车夫和无业青年，在湖岸边闲逛。在那里，他们满怀期待地等待令人心碎和哀怨的"救救我"，然后就立刻跳下去，然后会马上摸到一位美丽的小姐，然后送到豆行街的警察局领赏钱，为报纸拍照摆姿势，坐在那里接受无数嘈杂的采访。

　　在这种情况下，竹帛湖很快变成了河内社会现象的晴雨表，反映新与旧之间、个人与家庭之间、自我牺牲与政治觉醒、压迫与解放的种种悲剧冲突，这些悲剧主要是由于人们在自由结婚、自由离婚、自由改嫁和自由续弦等个人问题之间的观念不同造成的。而这些冲突将持续上演，永不停息。所以，就有那么一位聪明的商人在湖边建了一座宾馆，取名为蓬莱宾馆，这可是一个连西方人都非常艳羡的地方呢。

　　为了一扫湖边的晦气，在蓬莱宾馆开业的那天，政府试图通过命令女学生们练习一种特殊的舞蹈来净化空气，驱除湖边的邪气。她们在舞蹈中扮演仙女的角色，这些仙女下凡，让那些因为不幸而自杀的灵魂得到解脱。

　　后来，蓬莱宾馆就变得像古渔路和竹帛湖一样有名了。凡是自尊心强的越南人都觉得有义务去蓬莱宾馆住一回，如果不想被那些时髦的知识分子鄙视自己，说自己数典忘祖的活。

因此，今天阿雪和红毛春就相约来到这里。阿雪是因为思想解放，想背负堕落的名声。而对红毛春来说呢，这可真是一个好地方，可以让他很好地履行那个庄严的义务，那就是应邀玷污一个出身良好家庭的女孩的贞洁。

当他们穿过仿日式水泥大门时，阿雪对红毛春说道：

"咱们去开一个房间！咱们一起吃住！一起跳舞，一起打乒乓球，一起划船。我需要让所有的人看见我和你在一起，亲爱的。"

红毛春想琢磨一句文雅的话来回答，但是却只是想起了WAFN先生接待女性客人说的一句话，于是说道："荣幸之至。"

红毛春脸上天真之色令阿雪误以为是一种高级幽默才华。她扑哧一声笑起来了，又像那些新潮的妇女一样撒娇地说："天哪，医生哥哥你真是太可爱了！"

两人慢悠悠地走过花园，看起来很自然，就像是一对真正的情侣在暗中约会。突然，阿雪又说道："咱们把蓬莱宾馆周围的景色逛遍，再订一个房间吧！"

蓬莱宾馆，实际上，是一座雄伟的高楼，设施齐全，可以为那些寻求幸福的有钱的越南消费者提供一切服务！一群建筑师在设计这座非同寻常的建筑时充分展现了他们的才华，高楼一半盖在陆地上，一半盖在水面上，靠近水面的部分有一些包厢可以供客人坐着观看划船和游泳。院子里还有网球场、乒乓球场、游泳池等等。宾馆里有舞厅，有无线电报机。宾馆里的餐饮则有西餐、中餐，还有越南春卷，应有尽有！客人来到这里都可以享受新生活的一切滋味，一切风流故事都可以在此上演，只要你有钱……

这是真的，要是没有蓬莱宾馆，那简直是越南人的一种国耻呢。宾馆为游手好闲的资产阶级提供了一个完美的场所，让他们聚到一起，忘记他们的无聊。宾馆里有六十间客房，还有几十个贩卖爱情的少女（也被称为上等优质母鸡）提供服务，这是按照那些文明国家宾馆的制度设立的。

那天是周日，他们去的时候也才是早上8点，因此，客人还不是很多。有几个人在那里打网球，还有几个人在打乒乓球。大约五六个青年男女坐在临湖的阳台上喝着饮料观景。三个穿戴入时宛如上层女子的高级妓女正邀请几个男子去游泳。就在他们不着边际地相互开玩笑时，阿雪和红毛春上了台阶。一个时髦女郎站起来握住他们的手，向大家介绍说：

"请允许我向各位先生介绍一下，这位是阿春先生。他管理着欧化时装店，是一位艺术家，懂得设计，能做出非常美丽的衣服，我们姐妹们都非常佩服他的才智。"

一位青年用非常尊敬的口吻问道："那么，您是WAFN先生的同事？"

"是的！"

就在这时，宾馆的老板出来了，他身穿一套似乎要出席大型晚会的礼服。红毛春的脸色唰地变白了，他环顾四周，只想逃跑。

阿雪介绍道："这位是阿春医生，是我的男朋友。这位是维克多·班，蓬莱宾馆的老板。"

维克多·班惊慌地把头低下，低得很低，握住红毛春的手，然后呆若木鸡地站着。实际上，他就是当年那个所谓性病治疗大王，红毛春当年帮他卖过药的。现在他是蓬莱宾馆主人。可是，当年的红毛春，现在竟然已经成为医生，这真是令他难以置信！

维克多·班在那之前曾经干过一段时间赛马骑师，但没有因此发迹。之后，他意识到席卷全国的文明浪潮将会伴随着性病浪潮，所以他改行了。他找到一些斑蝥、一点白檀油、一点黏土，搅和在一起制作了一种相对有效的假药。和其他所谓性病治疗大王一样，他的药物很少像广告那样宣传得长久。尽管如此，才过了两年，他就已经暴富。资金充足之后，他在河内盖了这座伟大的妓院，雇了十几个妓女。一旦那些年轻的、健康的男人开始光顾他的妓院，他们最终都会被某个妓女带到维克多·班的诊所。等暂时治愈之后，他们又来跟那些妓女玩乐。实际上那些妓女也是一种托儿，创造妓院和诊所之间的接送服务。这样一来，维克多·班就变得越来越富有。他在三圻都设立了代理处。装满他的药物的汽车在大街小巷奔驰，高音喇叭里不停提醒同胞们大家都有可能遗精、梦精，会得疝气、白带、花柳病，等等。此外，他还治疗肺穿孔、肠子撕裂、心脏不适、眼病、耳疾，等等。他的广告是如此普遍，如此有说服力，以至于健康的人都害怕失去生命，都去买他的药，感谢他救人度世，歌颂他是爱国者和伟大的人道主义者。实际上，他在两千万同胞中也都是家喻户晓的人物了。

他密谋在这片性病肆虐的土地上建立一个避难所——一个仙境，这样人们就可以忘记他们痛苦和恶臭的伤口。正是出于这样的考虑，他才开设了蓬莱宾馆。

几年前，这个鬼红毛春，所谓的阿春医生只是他花钱雇的一个小喽啰，一天才给他两毛钱，主要工作就是让他坐在汽车前头吹喇叭，用扩音器大声喊叫如下词汇："遗精""梦精"。而现在这家伙居然成了鸿老爷的小女儿的男朋友了，而且成了医生！实在是超越想象啊！

他们双方互相偷看着，面面相觑。幸好那女孩又接着问红毛春："您的店里现在顾客多吗？"

阿雪接过话："多，多得不得了！所以，他退学了，在学校能学到啥？医学院学不到啥，所以退学了。现在他只是用打网球来消遣。"

另一青年盯着他的头发看了好久，然后礼貌地问道：

"先生，您的头发是用什么化学物质染成这样的呢？看着好漂亮！真是太时髦了！我们也想染成这种颜色但不知道用什么药……价格怕是也很惊人吧？要不怎么会有如此绝美的效果呢？"

红毛春答道："如果您来我的欧化时装店，我会悄悄告诉您的。"

女孩看着阿雪，用一种嫉妒的口吻批评道："阿春先生的工作就是推销最新的时装和最优雅的款式。漂亮的头发只是整个包装的一部分。这是大家都知道的。"

维克多·班转过头来问阿雪："小姐您是来这里玩一会儿还是整天都待在这里呢？"

阿雪用手肘碰了一下红毛春的腰，问道："哎，男朋友先生，您是打算在这里玩一天还是玩好几天呢？"

红毛春沉思了一下，不知道玷污一个出身良好家庭的女孩的贞洁，到底是需要几天时间还是只需要半个小时就够了，于是答道："等一会儿吃完午饭再决定吧。"

维克多·班转身走了，这时一个青年人彬彬有礼地站起来说道："先生，如果您能赏光跟我打一场网球，我就真是荣幸之至了。"

于是他们一起到了网球场。大约打了一个小时之后，红毛春打败了那青年。他发球、接球、扣球的时候都不断有人当着阿雪的面给他频频鼓掌，他握球拍的方式，打球的姿态，都让人以为他是一个风流公子，至少是看起来很像某个政界要员或省长家的公子。维克多·班偷偷出来看了几眼，也忍不住被那些观众的称赞声吸引，他不敢相信那是真的，以为自己的眼睛出了毛病，这个红毛春跟几年前自己雇的那个拿喇叭叫卖的家伙已经判若两人。

球赛结束后，被红毛春击败的年轻人表达了对他的佩服之情，还希望能有机会再见到他。阿雪觉得阿春是一个配得上自己的男朋友，自己把贞洁毁在他手里也是相当值得的。

当两人来到单独的房间，红毛春躺下了，因为实在太累了。阿雪坐在他身旁的椅子里，感觉很郁闷，但红毛春如此守礼，也无法让她指责什么。突然她听到隔壁房间有女人在大声用法语唱：

"我是，我……"

"我有两份情，我的祖国和巴黎。"

阿雪倾听着，觉得很吃惊，突然听到红毛春轻声喊她："阿妹，妹妹……阿雪，雪！"

"别说话！好像是……好像……天哪，是我的姐姐！是黄昏！"

那句话让红毛春立马坐了起来，惊慌地问道："完蛋了！是谁？是文明太太吗？"

"不是！小声一点！那是我姐，嫁给通判的那个姐姐。"

"是吗？那么是长角的通判先生？"

阿雪吃惊地问道：

"你怎么知道得这么清楚？啊？你？你怎么知道黄昏有一个情人？"

"我为什么不能知道呢？"

真实的情况是，那个时候黄昏女士，也就是那位长角的通判先生的老婆，正在隔壁房间跟情人偷情，完全没有想到红毛春和阿雪在隔壁偷听。

她情人说道："亲爱的，我不想一直这么偷情，太危险了。"

黄昏反问道："那哥哥你想咋样？"

"我想你……我们干脆结婚！"

"你的意思是让我跟我丈夫离婚？"

"可不是嘛。"

"不，先生啊。我只不过想让你做我的情人罢了！你想做我丈夫？你做了我丈夫，头上长角的就是你了！与其这样，还不如他替你长角。"

"该死！你是什么女人啊，怎么有这种奇怪的想法！"

"怎么啦？怎么奇怪了？只不过你们男人没搞明白罢了。要说现在的妇女，哪个不是这样想的？只有丈夫而没有情人？就是胆小鬼，就是丑女人，是缺乏美德的女人，就是没才没色的女人，这种女人鬼都不愿意搭理的！要是我没有情人，我的朋友会轻视我，我还怎么在这个世界上活下去？既能吃又能打架的水牛才是真正的水牛嘛。你应该感到高兴，因为我对你是忠诚的，我只有你唯一一个情人，没有第二个。"

"那你怎么不对自己的丈夫守贞呢？"

"怎么不是？我对你们两人都是守贞的！对我丈夫和情人都守贞！如果不是这样，那我还算有种的人吗，那我成了什么女人了？"

"只怕有一天他知道了……"

"绝不可能的！他生来就是要长角的，他怎么会知道。如果猫头鹰知道自己的身体是臭的它就不会臭。……我，我，我有两份情：一个是情人，一个是丈夫。"

就这样，这个有外遇的女人一直在唱那首《我有两份情》，语调尖细，声音高亢。

这边，红毛春悄悄地在阿雪耳边说道："真是一个有种的女人啊！太棒了！太新潮了！"

听见红毛春称赞自己的姐姐，阿雪有点嫉妒，说：

"跟她比，我真太平常了。"

红毛春狠狠亲了阿雪一下，然后轻声说道："阿雪也值得这么敬重呢!"

得了这句话，阿雪上了脸，撇着嘴说道："我家是高尚、文明的家庭，几个姐妹都像是一个模子刻出来的。不然的话，会成何体统呢?"

红毛春又放肆地把手放在阿雪的乳房上，但这次被拒绝了："一次够了吧? 你不是已经知道不是橡胶制品了吗?"

红毛春又用了很多其他方式来调笑，但阿雪却一副女人心难懂的样子，保持着沉默。

两人就这样一边调笑，一边又时不时夸赞他们自己："我们相爱，是一种高尚的感情。"

"我们用纯洁的灵魂在相爱。"

直到红毛春想索取"最后的恩惠"时，阿雪站起来，生气了，凶巴巴地说道："停! 稳重一点! 我绝不会把最后的恩惠给你的。你不是一个彬彬有礼的人。我可不像那样天真的女孩一样愚蠢! 至少我还是半个纯洁女孩!"

红毛春呆了一下，没明白。

阿雪接着说："意思就是风流处女，也就是一半新潮的女孩。"

红毛春茫然地问道："还有一半儿新潮的? 另一半是贞洁的?"

阿雪高傲地回答道："这有什么奇怪的! 我不可能完全新潮! 不可能不顾一切都豁出去。"

从那以后，红毛春不敢猥亵，举止得体起来。他明白阿雪是我们南国 20 世纪女人的代表，而绝不是一个庸常之辈。

第十章

诗人红毛春

一场关于头上长角的辩论

副关长夫人的保守思想

像其他越南上等客人一样，阿雪和红毛春二人进餐厅享受了一顿非常奢华的西餐。之后，阿雪又约红毛春去蓬莱宾馆的花园里散步消食。红毛春怕再次遇上维克多·班，以疲惫为借口婉拒。

阿雪生气说："嚯，你说的这是什么话！我让你来蓬莱宾馆是玩儿的，不是让你喊累的！眼下是科学的时代，是活动筋骨的时代，是体育的时代，像你这么健壮的青年可不能喊累，尤其你还是医生！你这难不成是骗我吧？我还以为你会像法国人那样怜惜女人呢？幸亏没有真的让你玷污了我的贞洁，不然可怎么办？"

听着这番"义正词严"的理论，红毛春站起身来说：

"好吧，我很荣幸为您服务。"

他刚想离开，但被阿雪阻止了："你等等！"

她掰着手指，碎碎念地算着："一个女性朋友、两个男性朋友、维克多·班，总共是四人！"

她欢喜地看着红毛春，天真地大声说："四个人呢，亲爱的！那四个人会怀疑我要堕落了，你很开心吗？不久就有数落我的谣言传到你耳朵里，或者至少也会传到我那未婚夫那儿。那才叫痛快呢！"

红毛春装傻说："我本来以为做长角的老公已经算苦了，现在看来做长角的未婚夫也不见得开心。"

阿雪咯咯笑："你说得太深刻了！果真是我们 20 世纪的人说的话。可我未必就让你长角，你怕什么呢。"她停顿了一下，又问，"对了，你父母还好吗?"

愕然了几分钟，红毛春才难过地答道："我不幸早早就成了孤儿。"

"是伯父不在了还是伯母不在了呀?"

"两位都不在了。"

阿雪眨了眨眼，闪现出幸福的光，说："光这事，哥哥你就有足够的资格娶我做老婆啦！我嫁给你就没有婆婆了，多好啊！像哥哥你这样的早孤很走运呢！"

红毛春还寻思着不知如何应答呢，阿雪又接着说："我的医生哥哥啊，你不要再犹豫了，如果我像其他人那样堕落，刚才我就装傻乱来了，还等什么呢？我知道保护自己，不会轻易把自己交出去的，我总是这样的。"

红毛春微笑，说了一句俏皮话："女人都要经历第一次……"

阿雪强硬争辩:"算了吧!留到新婚之夜吧。不然,到了那天,你一看我不是处女,怕是要割猪耳朵①了。"

这伶俐尖锐的话令红毛春高兴坏了,因为他相信以后娶了阿雪也不用担心长角了。两人肩并肩,向花园走去。花园里开满了一畦畦喇叭花、金鱼草,万紫千红,艳丽缤纷,确实美成了蓬莱之景。砾石上的几株枯萎的花,不时零乱飘落……一位身材矮小的青年,一脸憔悴,就像上了年纪的诗人,目光呆滞,瘦巴巴的身体包裹在阔腿裤的西服套装里,直勾勾地看着阿雪。阿雪这姑娘悄声告诉阿春:"来,我给哥哥介绍一个想得到我芳心的人……"

刚听到这儿,红毛春就感觉妒劲涌上来,整个脸都红了。他转过身看。那个年轻人眼里好像只有阿雪,便迅速跟上,连阔腿裤都像带起了风。阿雪悄声说:"别管他,亲爱的!一个诗人嘛!他是无害的。"话毕,兴奋得像那些被求爱的女孩,只管欢蹦乱跳,踩上飘落在砾石路上的花朵。诗人却仍赶紧跟着阿雪。红毛春想转身给那无礼的少年一顿猛揍,他却突然大声吟咏了一首七言诗②:

---

① 按照越南风俗,如果婚礼上新郎割猪耳朵给新娘家,意味着新娘出嫁之前已经失贞。这与广东地区的回门礼俗类似。回门是指女儿出嫁三天后回娘家,这一天男方会备烧猪一头送过去,如果烧猪没有耳朵,相当于谴责女方家教不严,出嫁时已经失贞。

② 越南古典诗歌长期受唐诗影响,至今仍有不少人能写七言绝句或律诗。

佳人闲步苑中游，鲜花含羞坠满头。

自古美色两相妒，香足踏过落英愁。

红毛春听了，妒恨的心转为敬重了，阿雪则乐坏了。那青年依然镇定自若，就像那些强忍受痛苦的诗人。

只听见他又吟诵了一首七言诗：

难似芳花驻美足，吾心戚戚无限哀。

零落花瓣忙拾起，聊慰痴迷萦心怀。

接着诗人弯腰拾起花儿，止步静立，用双臂把花儿依偎在心怀，好似拥抱一位想象的情人。

砾石路上跟随自己的脚步声消失了，阿雪停下脚步，转向后看……诗人的举动使阿雪不得不说："你感受到了吧，亲爱的？那家伙追了我好几个月了呢。他是太迷恋我，爱上我了，可我没有啊！"

红毛春咬牙切齿地追问："他难道真爱上你啦？"

"你觉得怎样才是爱呢？"

红毛春的大脑顿时闪过灵光。他自觉羞愧，不能像情敌一样念诗。可吟诗有什么难的呢？他立马想起过去几年，在替卖药商人打广告时，那些偶尔读过的诗。于是他问阿雪："你想听我即兴给那家伙对首诗吗？"

阿雪拍手欢呼："你能做到的话，哪个名家比得上你!"

红毛春便双手拢后，从容走近诗人，口中吟咏了一首传统的六八体诗①：

> 或老者，或幼童，
>
> 寒霜晴雨无期——谁懂？
>
> 生风寒感头痛，
>
> 肤燥身热懵懂忧愁
>
> 日夜梦呓胡语，
>
> 四肢无力心魂难安。
>
> 且听我告良方：
>
> 清热解毒，药到病愈。

红毛春还想继续滔滔不绝呢，那青年诗人连忙拱手投降："抱歉，先生！停下吧，您这已经给小生上了一课了，佩服！小生得去学习讽刺之法，方能有望对得上先生的诗呢。"

说完，那诗人低头，恭敬地告别红毛春，一脸羞愧样落荒而逃。红毛春走近阿雪，阿雪夸道："天啊，哥哥你真是奇才呀！简直出口成章。这样的诗实在是讽刺，绝不输于秀肥②。可你的诗怎么有股浓浓的药味啊？"

不知如何解释，红毛春就卖关子："猜猜看呗。"

---

① 六八体诗是越南传统诗歌体裁，顾名思义即一句六字、一句八字，循环往复。六字句的最后一字与八字句的第六字押韵，八字句的最后一字又与下一六字句的最后一字押韵，因而它既有尾韵也有腰韵，中途可以换韵。六八体诗还有双七六八体、间七六八体等几种变体。

② 秀肥（1900—1976），越南现代著名讽刺诗人。

阿雪又自答自话："喔，对了，因为你曾在医学院学习，所以你的诗都有股科学气，是吧？果真是医生风格的作品呢。"

两人都无比高兴，又并肩踱步到泳池边……霎时阿雪一惊，迷糊地悄声说："糟了，是通判先生！不管了，等一会儿你在这附近找我啊！"话毕，阿雪躲到树后溜走了。

此时，红毛春看见了长角的通判先生。他和一个女人一起走来。今天，通判先生刮了胡须，脸上光滑整洁，穿着儒雅不失华丽，他看起来无忧无虑，好像对自己长角毫不知情。那女人的穿着半旧半新，看上去既渴望解放妇女般的堕落，又恋惜迂腐妇女所有的德行，看来社会上的各等人都不容易呢！

红毛春不能确定那女人是不是通判先生的老婆，因为如果不是，也是怪事。他劝说自己不管是什么情况，要遵守承诺去尽本分，去讲他答应讲的话。于是他起身，挺胸，用一贯的破锣嗓说："先生，您是一个长角的丈夫！"

通判先生大惊失色，吞吞吐吐地介绍："这，这是我的情人。"

红毛春傻眼了，慌张地说："这样啊，那您还真走运！可此刻，您老婆有可能正在那里面给您长角呢！"

通判先生脸色更铁青了，失声问："什么？就在蓬莱吗？"

红毛春跺了跺脚，鄙夷不屑地说："这种事不在蓬莱，还能在哪儿?！"

"糟糕，该死的！你带我去找她，走！"

红毛春立刻带着他们出发。那两人一前一后跟在他后面，一路叽叽喳喳地说话，兴奋得好像要去目睹跟他们毫不相干的人的性爱场面。到了房门口，红毛春停下脚步，用眼神示意通判先生。他一边喘气一边敲门。他们苦等十五分钟后，门才终于开了。里面传来妇人刺耳的尖叫："天呐！我老公！"

通判先生破口大骂："混蛋！癞皮狗！"

红毛春和那女人站在外面探头探脑地往里看。

那时其他人都忙着在泳池里游泳、潜水或沐浴，没有人听到通判先生悲惨的叹息声。

这时他老婆的情夫已经穿好衣服，装得很绅士地问："先生您好！看来您是她老公？"

通判先生很恼火地答道："我不是她老公，难道是什么猫猫狗狗吗？"

她老婆的情夫又礼貌地低头，想通过展示高超的社交技巧来压倒通判先生："我们受宠若惊……先生您好！先生您是上流人士，我始终以礼待您。"

通判先生羞愧地争辩："先生，就算我是长角的人，我也还是上流人士呢?!"

"是嘛，那您就淡定，小声点！因为您长角，这也不是第一次，所以您恼火也没用，只让人家都嘲笑我们罢了。先生，不管发生了什么，我是真的非常尊重您的夫人的。"

接下来，双方都极力友好谈话，以向对方表示自己是上流人士。不过，通判先生也指着老婆说："先生，尽管我老婆已经穿戴整齐，但我不确信她跟你没事。古人有云：'男到女房必荡，女到男房必淫。'"

那情夫知道，在铁的事实面前，他很难为自己的奸情辩解，于是说道："先生，长角不是丑事，只是一种不幸，一个灾难而已。像拿破仑东讨北征，而且那么帅气，不也长角，您说这咋办？"

听到他把自己和拿破仑比肩，通判先生舒服了些，但还是说："我跟你说，先生，不管是丑事，还是不幸，长角都是吃亏了。你决定怎样补偿我呢？还是我依法办事？"

想到可能会被带到警察局，丑闻会登上各类报纸，他老婆的情夫急忙开始辩解："先生，我才是长角的人！"

通判先生惊愕："哎呀！嚯嚯！你怎么能这样讲啊？"

"就是这样！你老婆告诉我她没老公，还一直把我当老公！现在我才知道原来这个女人已经有老公了，真是晴天霹雳啊！你果然来这里抓现行了，你别不承认！也就是说，这女人有两个老公。现在我才知道我也是长角的人，那你说咋办？谁补偿谁？谁吃亏？"

通判先生怕极了，心里七上八下，不再争辩："我不知道，我不多说了！阿春，请你帮我做证，我是长角的人……"

红毛春礼貌地低头："我很荣幸为您服务。"

那位情夫感觉受到了威胁，吓唬道："啊！这样的话，不知道是我还是你吃亏了……那可能我得问问律师才行。先生，既然你是公务人员，你就应该懂法，要比别人更尊重法律。"

通判先生听到对方说律师，又怕自己一旦违法，就不再是忠诚的模范公职人员了。他也不确信自己是否违法了，还怕人家撞破他想抓别人现行的丑事，于是眨眼示意了一下情人，然后抓住他老婆的情夫的手，礼貌地说："算了，再见，先生！望有缘再见……"然后飞速离开蓬莱宾馆，逃之夭夭，而他的情人则紧随其后。

　　红毛春听到"律师"时也慌神了，害怕累及自己，他也赶紧头也不回地走了。

　　找到阿雪后，他惊慌失措地说："走，我们快走，不然麻烦就大了！"

　　虽然没明白发生了什么，阿雪也惊慌地跟着他跑。两人都来到日本式的大门口时，正好看见副关长夫人的小汽车直直停立在那里。这时副关长夫人跳下车来，大声叫阿雪："嚯！姑娘啊，你是已经订过婚的人了啊。你这可是有失道德啊！"

　　阿雪撇撇嘴，指着红毛春说："这人只是我的一个男性朋友，仅此而已！"

　　接着，阿雪跳上一辆人力车，不理红毛春和副关长夫人了。

　　副关长夫人又嘱咐红毛春："要我看啊，现在的姑娘堕落得很，只知道吃穿。女人要懂得从一而终，知道什么是三从四德，什么是贞节妇德才行啊！"

　　看他沉默不语，她脱口而出："还有你，你该正派，别想着法儿害人家一生的清名。已经有人给她送过年礼①，就说明人家已经有未婚夫了。俗话说：孤男寡女才耍，别碰有老公和老婆的。"

听到这里，红毛春忽地想到刚才发生的糟心事，又想到副关长夫人正寡，吞吞吐吐地说，"夫人，原谅我这么说，要不是您对您死去的两任老公那么守贞，我……我也会如了你的愿，让你满意。"

副关长夫人含笑骂道："唉，唉，真不知羞，不要脸！"

随后她上了车，让司机快走，仿佛要逃离爱情。

红毛春也离开蓬莱宾馆，急急地奔回欧化时装店。

---

① 即订婚了。按照越南习俗，男女订婚之后，过年男方会给女方送年礼。

第十一章

网球场落成典礼

演说家红毛春

一场婚姻的安排

副关长夫人的私人网球场落成典礼仪式在自家花园举行，这真是越南体育史上值得铭记的一天。与其他开幕典礼一样，这一次也包括茶话会、香槟祝酒和正式演讲。

出席宴会的有 WAFN（我爱妇女）先生和他妻子，有阿雪和她亲哥哥（阿俊）、亲姐姐（黄昏女士，长角的通判先生的妻子），还有保皇派政治家约瑟夫·设。

坐在一大群人中间，约瑟夫·设把自己想象成一个被四面八方群众包围的伟大领袖。像一位真正有技巧的领袖一样，约瑟夫·设对国家的利益深为关切，同时又轻视大众的趣味和娱乐。别人都在说笑时，他翻开一张法国报纸，读到了一条让他心情畅快的消息，那消息说 Léon

Blum（莱昂·布鲁姆）被保皇派手下 Maurras（莫拉斯）打得两边太阳穴出血。他独自享受这份畅快，把周围的人视若空气，而别人其实也没把他当回事。酒会只缺了副关长夫人的儿子阿福（就是那位只知道唤"不行"的男孩），其他上流社会的人士几乎都到齐了。

当酒气飘荡，众人微醺，那些所谓上流人士似乎都变得越来越下流。

文明先生也喝得醉醺醺的，他端起酒杯来致辞，那样子看起来就像一个病人一样虚弱："女士们、先生们……"

他喋喋不休地讲了将近一个小时，从古希腊的体育传统到我们越南自己的体育热潮，对后代进行体育教育与不进行体育教育会有怎样不同的影响，他也谈及通判夫人（即副关长夫人）的个人事迹和经历，赞扬她建设网球场以促进家庭体育事业是一种时尚，也是一种远见。他又继续赞扬女子体育热潮（比如组织淑女进行竞走活动），等等。他的致辞中还有一段抨击了那些把金钱浪费在乡村修亭建庙、塑像铸钟的迂腐的佛教徒。他还声称跳大神也是体育的一种，虽然已经不合时宜，过时了。

他演讲时，那位提倡对整个社会进行渐进式改革但却对自己家庭采取保守做法的记者先生急忙拿出钢笔和小本子记录，把这些花哨的话语都记录了下来。他那么认真，仿佛那些话是从一个伟人嘴里蹦出来似的……

文明先生接着概述了理想女性的特征，以使副关长夫人能够确定她就是理想女性。他最后介绍了红毛春，说他是一个堪称楷模的年轻人，是一个网球教授，获得了网球领域的各项成就。

总之，他的演说具备了伟大作家或重要政治家发表正式演说的必要特征：修饰、捏造、夸张、幻想和口是心非。

观众们都鼓掌欢迎。

红毛春第一次参加这种宴会，又得到意料之外的关注，他不懂得应该对别人的话进行公开回应。相反，他端起一大杯香槟，和其他人一起大声鼓掌。在人群中有人开始满怀期待地瞥他一眼的时候，他依然拱手端坐，保持沉默。他这种坐享其成的态度激起了人群中的不满之声。最后，那个长角的通判的妻子站起来，机灵地说道："现在好像轮到网球教授阿春先生发言了。"

WAFN 先生仿佛得到了泄私愤的机会，赶紧附和道："没错！今天网球场落成典礼上无数荣誉都落到网球教授那儿了。您就别太谦虚了，就让我们听您几句文采斐然的诗文吧！"

坐在红毛春旁边的阿雪也跟着催促："讲几句吧，我的医生哥哥！亮出文采来，让大伙知道你的厉害！"

红毛春不知如何是好，就像一台被人拧动的机器，不得不站起来，手里还拿着香槟……演讲？他平时说话大声得很，嗓子从不沙哑，而且他在众人面前从不害羞，这可是雄辩家必备的条件啊。在过去，无论是卖烤花生的、在剧院当跑龙套的，还是替南圻走私药品的大佬用喇叭宣传，他总是用自己的声音来征服和打动听众……

但这不是主要的……主要是他得知道怎么说，说点什么内容才行……

他沉思了几分钟。鬼机灵的他立马想到文明夫妇和WAFN先生常使用的语言和动作。这些自从他担起欧化社会的责任，就已经听得很熟了。于是他谦虚地边说边想："各位女士、各位先生……"

他用了这样的开场白，是因为他的脑子里还装着在蓬莱宾馆听到的那些话。那时，他是为了尽"本分"去玷污一个正派姑娘的名声去的。谁料，这开场白竟然收到意想不到的好效果。从人类有祝辞以来，还没有一个演讲人这样亲密地称呼听众。大家都恭敬地侧耳聆听。

红毛春接着说道："本人，从今天起，就是社会改革的一分子了……所以，我必须努力工作，并且确切地了解我在做什么……我们还不够欧化！……进化道路上还会有障碍。体育……后代……如果幸福不是夫妻和谐健康，又会是什么？我们都必须努力锻炼，我们的改革并不仅仅像过去那些陈腐的卫道士那样进行表面的改革，我们要摒弃、淘汰一切保守的东西……我很荣幸为大家服务。"

说到这里，他突然想到体育比赛冠军从部长或省长手里接过胜利的奖杯时喊出的口号。于是，他就这样用法语结束演讲："Lip lip lo'…Hua rra（欢呼，万岁）！"

就在这时，约瑟夫·设又看见报纸上刊登保皇派的Maurras（莫拉斯）找人打Blum（布鲁姆）这一事件，还登了几篇要积极争取社会领袖名头的文章。他原为红十字党党员，不禁拍着大腿赞许道："好！好！Bravo（好极啦）！"

房间里所有的人都鼓掌附和，副关长夫人也大叫："Líp líp loʹ...Hua rra（欢呼，万岁）!"

人群中一些心存疑问的人也鼓掌叫好，但这仅仅是因为红毛春发表了自己的即席演讲，而不是像大多数真正的运动员那样，依靠预先录制的留声机播报演讲。

人们接着新一轮香槟酒会，就像首脑会议上的首相一样互相恭维。然后大家相约到网球场。

一幅动人的景象等待着他们的到来……喔唷！对这个国家的体育事业和妇女的未来来说，这是多么伟大的时刻啊！在崭新得像一位初长成的少女般的网球场的网上，人们看到一条、两条、三条、四条……数不清的裤子，有内裤有睡裤，也有内衣和拖鞋，它们都是丝绸面料，有的是刺绣，有的是蕾丝边的。这些内裤非常时髦，足以刺激年迈男人的情欲。而这些内裤，恰恰全都是副关长夫人的。

副关长夫人傻眼了，马上把老女佣叫来大骂一顿。那落后保守的女佣嘀咕着："我哪儿知道啊！这里叫'裤①场'。我以为就是用来晒裤子的!"

裤子被拿到其他地方去了，网球场恢复了它的正确功能。人们开始打球。第一场由红毛春与文明先生对打。接着他又与直言医生打。最后，红毛春和直言医生组队一起对打文明太太和一位西洋太太（副关长夫人的老朋友，刚到）。

正在男女双方激烈交战时，阿雪和红毛春厮混的消息

---

① 原文是 quần，兼有裤子和网球两种含义。

传到了鸿老爷家里。老太太像那些腐旧母亲一样，叫喊起来："你知道吗，你不能再纵容你女儿啦！你要等她的肚子大得像箩筐，你才知道什么是女权、文明、革新、解放吗?! 俗话说：子不教母之过，孙不教祖母之过！你害了她，纵容她堕落，最后被天下人耻笑、挖苦的却是我！"

面对这种妨碍国家妇女解放的保守论调，鸿老爷只是紧闭双眼，说："知道了！知道了！烦死人，说个没完！"

尽管鸿老爷犯着烟瘾，他夫人还是把打针水的仆人立马赶到厨房去了。因为鸿老爷已经像一个真正的文明人一样接受了女权思想，也就不敢反对。他只是懒洋洋地在鸦片烟盘旁边打哈欠。老太太又絮絮叨叨说个不停："你知道吗，这丫头和阿春约着去ôten（酒店）开房！该死的，你能想到会发生什么吗？"

"知道了！知道了！烦死了，说个没完！"

"谁能想到，像阿春这样的人，看起来正派，举止端正，没想到竟然堕落成这样！"

"知道了！知道了！烦死了，说个没完！"

说到这儿，老太太突然想到男女相约去酒店不可避免会发生的事，便捂着脸，像一个保守腐旧的母亲一样抽抽嗒嗒哭起来。听老太太没再说话，鸿老爷眯眼询问："又是怎么了，啊？老太婆！"

老太太哭得更厉害了，然后痛心地接着絮叨："怎么？还能怎么办？"

"你这老太婆，太落伍了，没法跟你谈了！"

"什么是落伍？啊，我问你，什么是落伍？"

"现如今，男女之间哪还像我们父辈一样授受不亲?!现在男女自由交往，像法国人一样结伴去玩。女孩可以有男朋友，男孩可以有女朋友，这有什么奇怪的?!"

"谁告诉你的?"

"儿子这样说的!"

"你觉得这样还挺好，是吧?"

"Lúy（他）这么说。就算他错了，也没关系!"

"唉，你儿子! 你还好意思炫耀?! 他那个服装店简直是瞎胡闹! 真碍眼! 我再也受不了了! 我什么都没说并不意味着我同意!"

"管他碍眼不碍眼，我就知道他那欧化店一个月能挣好几百呢!"

"我老实跟你说吧，你的儿媳现在穿着短裤在我面前，在她丈夫的母亲面前! 你觉得这样也没什么是吗? 是不是等你女儿未婚先孕，你也觉得没什么?!"

"未婚先孕? 你以为这么容易呢?!"

"你知道他们在一起干什么吗? 洗澡、游泳、跳舞! 还开房，一整天待在一起!"

老太太把伺候鸦片的仆人赶到厨房已经过了半小时，鸿老爷的烟瘾犯了，打了个大大的哈欠，眼泪鼻涕都流出来了。他闭上眼睛，不耐烦地说："知道了! 知道了! 烦死了，说个不停!"

"大家都知道他俩关起房门，一起睡午觉来着，你还不知道吧?"

"怎样，那又怎样?"

老太太无奈又痛心地笑了："那又怎样？"

"谁跟你说的，你怎么知道得这么清楚？"

"她姐，还能是谁!"

"那天她姐黄昏也去蓬莱宾馆了，她是干吗去？"

"因为他老公那天也去啦，不然呢？"

"快叫那家伙来给我准备鸦片！这事就这样算了，别再大惊小怪了!"

但老太太没理，没去喊仆人来，完全不顾鸿老爷那瘾君子不可侵犯的神圣权利和宝贵等待时间，还叨叨个不停："你认为我们应该等到她肚子大了再叨叨，是吗？你不知道阿雪已经有人送过年礼了吗？阿春那臭家伙就是流氓、骗子、人模狗样，不是人！你等着看，我让文明和他老婆把他撵出门！还有副关长夫人，简直就是一个俗气的婊子！网球场？不知廉耻的婊子！阿春那臭小子敢再踏进门来试试!"

"知道了！知道了！烦死了，说个不停!"

"我讲真的，我要打死阿雪！我还要骂那副关长夫人婊子一顿！还要把文明的老婆送回娘家去看看。我要让他们看看，这都是什么文明进步?!"

鸿老爷挣扎着起来，愁眉苦脸地喊道："知道了，说个没完，说个没完！把那家伙叫来给我准备鸦片！你真是疯子！疯子!"

老太太怒火也上来了，啪地拍了一下桌子，呵斥说："我不叫！你忍着！吸进去就什么都是'知道了，知道了'。"

这时，鸿老爷突然一跃而起：

"嚯！你厉害哈？很好！等着瞧！我要把阿雪嫁给阿春，我发誓！怎么说他也学过医，现在大家都叫他医生！也许他将来还会拿网球冠军的！老实说，阿雪要是怀了阿春的孩子，还真是我家祖宗八代的福气呢！你就住嘴吧，真蠢！"

像所有的鸦片瘾君子一样，鸿老爷的鸦片瘾上来了，脾气也暴躁起来。

第十二章

那天早晨，随着指针指向八点，闹钟铃声响起，文明先生掀开被子缓慢坐起，他往右手边看了看，没看到自己的爱妻，又抬头看了看挂在墙上的挂历，才想起今天是星期四，妻子到网球场去了。

他洗漱完毕换好衣服，接着按了一声铃。当他坐到妻子梳妆台前时，仆人端来了一个餐盘，上面有牛奶饼干、鲜奶油、咖啡、巧克力，这些都是上流知识分子的食物。梳完头，他匆忙吃过东西，接着开始化妆。他先修指甲，涂指甲，把十个手指涂红，然后开始往脸上涂面霜，抹粉，再用干毛巾擦去，之后又抹上一层薄薄的粉，看上去就像是心神不宁的人。他那黑黑的鬈发从头顶耷拉到后脑勺，长长的脖子上喉结突起，双眼外凸，脸上圆圈样的白色粉迹斑斑点点，俨然一副脂粉男人装扮。

几声嗒嗒的脚步声靠近门口，他仔细听着，门打开了，他因安南人这不会敲门的鲁莽行为和习惯而充满怒气，但是他不能像往常一样开口咒骂，而是要挤出满脸的笑容，因为没敲门进来的人正是通判夫人——他的母亲，他一边将脸上时髦的脂粉抹去，一边笑着问："母亲一大早来此有何事？"

他母亲背着双手看着他，又看了看整间屋子，没说话，嘴里斜叼着烟嘴。过了一会儿，她坐到床边问道："她去哪儿了？"

"我老婆去打网球了。"

老太太显得不满意，摇了摇头。过了一会儿又问："她是什么时候走的？"

"好像是早上 7 点钟走的。"

"哟！你们夫妻俩最近很是文明啊！"

他晓得母亲又要重提往日那因新老观念冲突而将家中分成两派的老话题，就反问道："难道不是这样的吗？"

老太太快气疯了，但还竭力忍着，责怪道："你到现在都还没去店里，做生意这么懒惰，是想等着什么时候破产啊？你应该管好自家的人，老婆那么早就走了，而你居然还在睡觉，你不怕你的店员把钱都偷走吗？"

文明先生依然坐在原地继续涂抹脸上的粉，不紧不慢地说道："禀告母亲大人，有 WAFN 先生帮忙看管。"

虽然没听懂儿子在说什么，她也不再多说，这些都不是最重要的，她此刻想的是该如何打开与红毛春相关的话题。过了一会儿她又问道："那么阿春医生在哪儿？"

"啊，他是网球教授，现在应该在网球场。"

说这话的时候，文明先生怎么张口就是谎言，大概因为长期欺骗别人，最后连自己都相信了。他一时无心把红毛春那个捡球的家伙说成了网球教授。他现在也只能继续这么说，就像之前把他说成是医学院学生，说成是受过良好教育、有新思想的人，所以，现在当然不能把他说成是给会员们捡球的人了。

老太太又问："听说你想让阿雪也学打网球，是真的吗？"

文明先生愣了一会儿回答道："我不知道她想不想学，想学的话我也很赞同，打网球强身健体，又没有什么坏处。"

"唉！阿春好像也还是一个品行端正、光明正大的人，你觉得是这样的吗？"

文明先生不知道这是母亲设下的陷阱，应答道："当然啊！妈妈你看啊，如果没有他的医治，爷爷可能早就死了吧？还有啊，因为有他的帮忙，我们的服装店才会发展得像现在这么好呢，妈妈。"

"那照你看，红毛春不是一个品行端正、光明正大的人吗？"

"这就像 2 加 2 等于 4，还有什么要考察的呀！"

老太太想了一会儿，轻声问道：

"唉！你觉得要是咱们把阿雪嫁给他可以吗？他会同

意吗？"

听到这儿，文明先生皱起眉头，心中无比愤怒，但还是小心翼翼地问道："这是谁的想法啊？"

老太太咂了咂嘴说道："女儿长大了当然要考虑择婿的事，父母的责任就是为儿子娶妻，为女儿择婿嘛，你干吗这么吃惊？"

文明先生摇了摇头："这件事恐怕很难成……"

"糟糕！为什么？"

文明先生对母亲的失望感到很奇怪，就用了一种很老套的观念来搪塞："门不当户不对嘛！而且阿春不一定看得上阿雪……"

"就怕人家不愿意而我们说要嫁，那多尴尬，门当户对，现在不是问题，你不就总是提倡平民运动嘛。"

文明先生皱紧眉头大声问道："可是妈妈为什么这么希望他们俩结婚？"

"因为阿春品行端正、光明正大。"

"那还不够！一定是有什么其他的原因？"

老太太站起来走近他，指着他的脸骂道："因为阿春已经和你妹睡过了，知道了吗？混账东西！"

骂完，老太太靠在椅子背上，双手摇摇晃晃扶着墙，像是担心头晕摔倒。文明先生也站起来，身心瘫软。

老太太又哭着说道："你引狼入室、乱挑事端，害了你妹妹一辈子，全家的名声都让你搞坏了！还有你那位老婆！不知道多少荒淫的事情被人家议论纷纷！"

母亲的话像某种巨大的力量，把文明先生的思想从激进派拉回保守派，听母亲提及自己的妻子，他心中顿时燃起醋意。他最怕的就是长角。他感觉自己处在一个尴尬的境地，尽管长角是一件看起来是激进派的丑事，而非保守派的丑事。要想让新潮妇女保持品行端正是不可能的了。新潮妇女多情，这一点只是对那些把妇女视作玩物的男人有利；但是如果这个玩物就是自己的妹妹或者妻子，那绝对不行！不能这样！

不过，文明先生还又问了问母亲："您确定是这样的吗？谁看见了？"

"她姐姐看到他俩在蓬莱宾馆的一个房间里一起午休，这还不确定吗？"

"哦！奇怪了！她为什么不阻止妹妹？她为什么不告诉我？"

"她说，看到她这个样子，她深感羞愧，还能再说什么呀？"

"这种羞愧实在是无理啊！"

"她说了她怕小雪恨她，怕在姐妹们中间引起冲突。你也别让小雪知道是她姐姐说的啊。"

文明先生站着思虑良久之后才对他母亲说："先让我把这件事情查个水落石出，然后再看看怎么办，妈妈您尽管放心。不管怎么样事情都已经发生了，慌乱也不是好办法。"

说完，文明先生往头上喷了点香水，伸手拿着绒帽，走下楼去。他是要去找红毛春。

这时，在网球场上除了文明太太和红毛春一起在打球，没有其他人。副关长夫人的女儿珍妮特也从学校回来陪她母亲了。因为正好是周四，是练习网球的时间。她坐在椅子上，一本书翻开放在膝盖上。她一会儿抬起头看打网球，一会儿又低下头看书上的图画。两个约十到十二岁、衣着破旧的小孩正在给红毛春他们捡球。而此时红毛春穿着西式短裤、短袖衬衫和白球鞋，站在那里当教练。

副关长夫人在楼上的家里，并没有像往常一样穿着短裤来和他们一起练球，她的体育事业被另外一份神圣的职责所影响了，这份职责就是做良母。不知道什么原因，阿福最近两天吃饭比以前少吃一碗。他老是像一个哲学家一样对墙坐着沉思，又喜欢去纠缠把玩奶妈的胸，就连"不行，不要嘛"也不说了。不知道这个老天赐给的孩子，佛主赐给的孩子现在到底怎么样了。前一天下午，阿福打了三个喷嚏。到晚上，喝完水之后，他又打嗝。夜里他只尿了一次床而不是像往常一样尿两次。今天早晨，他咳了三声。这真是一个不祥的征兆，副关长夫人心里很清楚，尽管她嘴里没说。她非常担忧，在这种境况下每个贤良的母亲都会感到担忧。

难道是阿福将要被召"回去"？

又或许是香寺的佛爷疼惜自己的后代，谁知道佛爷有没有自己的孩子？也许佛爷渴望把他的孩子从尘世的痛苦中解脱出来？

算命先生说阿福的寿命很长，难道是算错了吗？

这些问题让副关长夫人感到头昏脑涨，感到痛苦和忧虑。养儿方知父母心，而养育这种求子得来的孩子体会更深。像副关长夫人这样养育孩子，说来也是够周全了。她小心翼翼，在饮食上格外有所禁忌，也避免参加所有被认为会带来厄运的活动，同时尽量避免表扬儿子，以免引起邪灵的注意。她为儿子去寺庙做了"寄养"①"尊香本命""祭拜""奏文"等各类仪式。她自认为没有做过任何犯忌的事情，可是如今"这件事"还是发生了！当她绝望地盯着坐在房间中间一张桌子边的阿福时，她在考虑是去拜访著名的增福法师，还是去请直言医生。

当她看到窗户下面的球场上的情形时，特别生气。她觉得自己对那群打球的人是那么好，可是他们却丝毫不知道她的忧虑，那真是一群没有礼貌的人。但是她的愤怒很快烟消云散了，因为她并没有告诉过他们任何事情……就连她的家人都没有任何人知道，她害怕告诉别人之后又会带来厄运，那样就麻烦了！

就在这个时候，文明先生推门进了球场，看到珍妮特摘下帽子和他打招呼，他与她握手闲聊了几句。他转过身看到他妻子的短裤很短，把一切暴露在红毛春这种非常具有可疑性的人面前，那暴露的短裤和雪白的肌肤让他对社会改革事业感到灰心，不想再激进了，他希望她老婆的短裤长一些，显得保守一点才好。不过，当看到红毛春只关心球，他稍微安心了一点。

"喂！你们先休息一会儿吧！"

说完，他走近他老婆说道："唉！亲爱的！过来跟你

---

① 父母担心孩子日后多病难养，便将孩子寄养于佛门下。

说个事。"

他老婆把网球往地上拍了三下，意思是暂停，之后走向他。为了显示礼貌，他又对着红毛春说："抱歉了！"

红毛春边喘气边答道："好的，自便吧，这没有什么坏处。"

夫妻俩慢慢朝大门的方向走，因为那边没有人。文明先生问道："你知道发生什么事了吗？"

他妻子睁大眼睛，惶恐地问道："什么呀？发生什么了呀？"

丈夫失望地摇摇头长叹道："咱们家不能再容下阿春这家伙了，多一分钟都不行！混账东西！"

"怎么会这样？店铺正生意兴隆，顾客都是他的。还有，要是惹他不高兴了，那谁会来陪我练球？等皇帝来的时候怎么办？你这是因为什么呀？"

"他和我们家小雪好像有暧昧关系。"

"是吗？嗯，也许是，有时我也这么怀疑！"

"据我刚得到的消息，好像他俩一块儿睡过了。"

"天呐！是那样的吗？确定吗？"

"我，我现在只想立马进去撕碎他那张狗脸！他害咱们妹妹不正经，咱们都要背恶名。咱妈一直认为那是因为我们的进步、欧化才导致小雪这么不听话，你说这是不是冤枉？"

"已经传到妈妈的耳朵里了吗？那她怎么说？"

"更为耻辱的是妈妈还想把小雪嫁给那个混账东西！"

"啊！太急了！要知道实情才行啊。"

"要怎么知道？难不成让妹妹去找医生检查？这么问她，她当然不敢说实话，就算敢说她也不会说。"

"嗯，这倒是真的！这说明他俩已经迷恋对方了，想结婚了。不过，如果他们只是想让父母同意他们结婚，那么也有可能其实并没有睡在一起，他们却故意说已经在一起睡过。"

"但也有可能是为了想让家人同意他们结婚，两人急急忙忙就睡一块儿了。"

妻子立马责备丈夫："若是这样你还要剁碎阿春的脸吗？"

"我也是太生气了，所以没想那么多！现在还有一个方法：在确认阿春那家伙是否毁了小雪清白之身之前，我们想办法阻止他俩相见，就这样！等调查清楚了我们再做打算，或把小雪嫁给他，或把小雪拉回来，如果她还没失身。"

"那就只有把阿春这家伙赶走，从此不让他再与我们的店铺有任何往来。只能牺牲一个得力的助手了。"

"这也意味着我们为了社会改革，为了腐旧的家庭的利益，得作出牺牲。"

"不是吗！不过，文明的牺牲是值得的。"

"如果是这样，那么就跟副关长夫人说让阿春留在网球场就可以了。"

"啊！这个主意好！只要我们注意言辞就行。"

夫妻俩愉快地转身走进球场去，却看到副关长夫人满脸惆怅地把头探出窗外大声地挥手呼救。

他们五个人一起慌忙地跑上去，想着发生了什么严重的事情。到了才知道原来是阿福接连打了四个喷嚏！

用荒唐的生理学知识安慰了副关长夫人之后，文明先生开始坐下沉思该如何赶走阿春，了结那件事情。

就这样，红毛春败坏纯洁少女阿雪一生名节的事情以圆满的结局结束了。

现在摆在他面前的一个沉重的责任是：败坏一位已经为两任丈夫守节的寡妇的名声。

第十三章

生理学调查

和尚的语言

红毛春改革佛教

　　直言医生上楼探望阿福病情时，红毛春在楼下和副关长夫人家的下人们聊天。他们时不时提到天子、佛子等。那些下人尽管不清楚红毛春在社会上的地位，但看到他受到女主人厚待，也不得不敬重他。他们发现红毛春虽然地位比自己高，但在聊天中经常掺杂"妈的，他妈的什么都没有"这种极富平民色彩的话语，觉得他很平易近人，没有看不起人。要知道，最重要的就是不轻视别人啊！

　　和其他别墅里的下人一样，这群下人一闲下来就聚在一起谈论那高高在上的女主人的坏话。司机说："富人就是作怪啊！动不动就来事儿！她搞得就像孩子快死似的！其实那孩子鬼事儿都没有！大惊小怪还请了大夫来看，天知道那孩子将来会是什么样子!"

阿福的奶妈模模糊糊地用批判的语调参与进来"阶级斗争":"我家穷孩子,我从来没给喂过奶,吃也吃不饱,但从来就不生病,生病了也没人管,自己就好了!"

厨师就更毒舌了。他坚决认为阿福就是一个凡人,不是什么天赐的、佛赐的孩子。他吃了那么多山珍海味,气血足得很,身体强壮。至于他的毛病那就是一个发育期的普通小男孩的毛病。他举例来提醒大家注意,证明他说得有道理:"你们留心看看就知道了!他有时候喊着'不要',然后掀开奶妈的肚兜,摸着奶妈的乳房假装喝奶!真是一个小淫种!鬼名堂多着呢!特别是看他在奶妈背上,把奶妈当马骑时,真是过分,简直跟他妈一样淫荡!要我说可真是有其母必有其子啊……"

红毛春两手插着裤兜,一只脚搁在石台上,以一个刻薄的道德家的口吻附和了一句:"什么佛子、天子!"

但奶妈为了给自己找台阶下,为阿福辩解道:"乱说什么呢,孩子还那么小,懂什么呢!"

司机说:"我清楚得很,平时我就很注意观察小孩子。现在的孩子早早就变质学坏了,不像我们这个年龄的人……有些顽劣小儿还有情人呢,甚至还约着一起逛妓院呢!这家的小少爷虽然还没真正懂什么,但这么下去马上就可以娶老婆了!有个这么淫荡的母亲做榜样,孩子怎么能不学坏呢?有时候小少爷在那儿坐着恍神,说不定就是想到了淫荡的事情,不一定是老天爷要召回什么,况且神仙也管不了啦……"

红毛春觉得他们说的都对，但他只听到这里就转身登上阁楼，想看看直言医生有没有找到那金贵少爷的病根……

那时，小少爷脱得光溜溜的，不肯穿上衣服，医生站在他面前不知所措，副关长夫人也满脸忧愁。

直言医生被难住了，他觉得小少爷似乎根本没有什么病，但他的母亲执意说他生病了，那他当然就是生病了吧……他找不出小少爷的病根，这时红毛春就进来了。

文明先生也说："我认为阿福根本就没有生病。"

副关长夫人还没来得及开骂，直言医生也开口了："是的！可能少爷到了发育期了，所以才会经常呆坐着发愣，如果早点给他娶亲……"

红毛春立马接话："先生说的很对！我曾经有机会观察过小孩子，这种情况很常见，特别是现在这样的时代。"

直言医生深感欣慰地握住红毛春的手，就如同遇见知己一般。在红毛春这番话的鼓励下，他像个科学家一样滔滔不绝、口不择言……

"就是这样的！同行先生，那么您是否也赞同弗洛伊德的理论呢？神经系统的所有症状都是由肾脏引起的，经常千变万化，奇奇怪怪……"

红毛春之前就知道直言医生说的是对的，但更莫名其妙的是，他竟得意扬扬昂首挺胸地接受直言医生"同行"的身份。他装腔拿调地说："我们兄弟同行之间当然是不言自明啦。"

副关长夫人不太相信医生的诊断，很想发脾气，她的儿子可是天子、佛子啊——但看到几个人都持同一种说法，她也只能保持沉默。红毛春亲密地轻拍了一下直言医生的肩膀，示意他到窗前小声说话："虽然我不像您一样被请过来给少爷看病，但我太了解他了。是这样的，先生，我们之间就像兄弟一样，那么我要明确地告诉您，他就是到了青春期而已。他经常缠着要奶妈掀开胸衣，假装三岁小孩喝奶，这不是淫邪是什么？"

直言医生把手放到嘴上，小声回答道："太感谢您了！您已经上升到生理学的层次了。事实就是如此，我们就该说出来，为什么要避讳呢？您让我们再次明白了我们的老师弗洛伊德发现的真理。少爷出现了青春期症状，是因为吃的穿的都太好了，物质太富足了，肉体被照顾得太好了，当然淫欲就会增加……再加上环境的因素……您同意我说的环境因素吗？"

红毛春望着窗外，他其实根本听不懂医生的话，两耳也听烦了，所以根本就没往心里去。楼下院子里，小动物正在交欢：锌皮屋顶上的一对鸽子，还有院子里两只小巧可爱的日本狗在打闹，鸡笼附近公鸡趴在母鸡的背上……突然在这一瞬间，这些动物们不约而同地向人类展示着自然界奇妙的阴阳法则。红毛春被眼前赤裸裸的景象吸引住了，完全忽略了直言医生的话。可直言医生还在追问："您觉得我们要考虑环境因素吗？"

"环境啊？什么环境？"红毛春漫不经心地问了一句，然后指向窗外……直言医生转过头，看到了动物交欢的景象，急忙抓住阿春的手，激动地拍了拍他的肩膀大声说：

"啊，您真是我的好朋友！您已经注意到了微小却深刻影响着人类的事情。这就是实实在在的、明确的事实证据，不是虚的理论。正在青春期的小孩子老看到这样的景象，太危险了！"

红毛春紧接着说道："得换个环境才行！"

直言医生转过来，清了清嗓子，用一种和他名字十分相配的耿直语气向众人说道："没错！我也不知道还能怎么说了！我的这位朋友已经帮我说出结论了。诸位，人类就是因为一个淫字才惹上麻烦的！刚出生的孩子喝母乳，一只手抚摸着乳房，这已经是淫道了！一个十多岁的青春期男孩就更……"

红毛春插嘴说道："就算是天子、佛子，也可能跟平常人一样淫邪，甚至比平常人更甚！"

直言医生接话："我不是来治病的，因为少爷根本就没病！他只是需要娶亲。要是怕早婚的话，就得教育他，仅此而已。这种教育得十分仔细，很困难，但像我朋友这样的人，是很够格来做这件事的。"

文明太太马上说道："姨妈，那就请阿春先生在这里住下来照顾阿福，教育阿福吧，帮他避开不好的情形。"

副关长夫人回答道："医生怎么说我们就怎么做。我去给阿春先生收拾一个房间吧。"

于是文明夫妇和直言医生离开了，红毛春留了下来，这当然不消说……副关长夫人不再担心了，安排好下人就回到了自己的房间。红毛春还在走来走去，状若思考的时候，就听到有人在背后说："屋里有人吗？阿弥陀佛！先生您好!"

红毛春转过身来,只见是一位僧人。这位僧人也紧跟欧化文明潮流,只见他镶着三颗金牙,身着棕色的上海丝绸袈裟,脚穿橡胶拖鞋,面容还相当英俊,看起来风流倜傥。

红毛春板起面孔来问:"您有什么事?您请坐!"

"贫僧恳请……先生,贫僧本是甘受清苦劳累的修行者,现在我还是《敲木鱼》报的编辑部主任……阿弥陀佛!"

红毛春坐下,戏谑地问道:"《敲木鱼》报啊?是要教人家敲木鱼去取悦歌女吗?"

僧人面红耳赤,吞吞吐吐地说道:"禀告阁下,跟歌女在一起属于精神修行,儒家四书五经里也有《乐经》嘛。我们僧人即使去拜访歌女也是来素的,绝不会犯色戒,不会跟女人过夜。而且,政府法律也保护僧人呢。不知您是否注意到最近某报社编辑指控僧人对歌女做出猥亵之事,贫僧把他告上了法庭,那家伙在法庭上一败涂地呢。"

"噢!是吗?你本事不小啊!"

"嗯,告诉您,贫僧并非赤手空拳的。法国在越南的全权代表、统使、督理大人,都是贫僧《敲木鱼》报的贵人。我们把这些贵人的肖像都挂在了报社办公室呢……嗯,佛教是相当高深玄妙的。"

红毛春却立刻提出了一个悖论:"你既然是甘于清贫的修行者,为何还要去开办报纸和别人竞争呢?"

"此事并非无缘无故。只因在我们那地方刚成立了一个佛教协会，也办报跟我们竞争……贫僧害怕会损害到我们寺庙的权益，出于无奈才办了《敲木鱼》报……"

红毛春仿佛明白了佛教的一点玄妙之处，嘲讽道："噢，法师们这样互相竞争宣传，跟性病治疗大王们的竞争也很类似嘛！"

僧人急切地解释道："阿弥陀佛！我们《敲木鱼》报编辑部里恰好有一位性病治疗大王呢！我们寺庙的宣传也因此能普及众生啊。启禀阁下，您是不是以为我们僧人不懂办报，不懂得笔战啊？其实，照我们看来，世俗的那些办报记者，他们互相攻击时实在是愚昧无知，毫无才学。而我们佛教徒进行笔战时，会毫不留情地揭发对方得了疥疮、螨疥、中国疥疮、老挝疥疮、癣、麻风，或者断臂、断脚呢！"

"那你们的报纸肯定很畅销吧？"

"禀告阁下，正是如此。自从我办了《敲木鱼》报后，善男信女的数量增加不少。前来吃斋、祭四府、烧纸、供拜、寄存棺材，或把孩子卖入佛门的人数成倍增加。这对于像我们这样一心向佛的修行者来说，才是充分尽到本分了。这也证明佛祖一定是支持贫僧的，所以不管佛教协会的人怎样寻衅滋事，贫僧都不担心，反而从中受益。"

红毛春站了起来，语气强硬地打断道："唔，那您来这儿干什么呢？想要干吗呢？您要是想让我买《敲木鱼》报，我可不会买的，我只爱敲鼓，不爱敲木鱼。要是能找个时间跟你们一起去会会那些歌女，也来一场'不犯戒'

的卖唱那就最好不过了。"

僧人向红毛春使了个眼色说道:"这容易得很!只要您愿意为贫僧,为贫僧的《敲木鱼》报,也就是为佛教宣传就行。不瞒您说,贫僧这次是为阿福少爷而来,阿福少爷是香山寺佛祖的儿子……"

"那您打算拿少爷怎么办呢?"

"贫僧将会悉心照料他的灵魂……阿弥陀佛!"

红毛春挺起胸来,骄傲地大声说:"而我,我将对他的肉体进行教育,还有他的母亲!"

僧人偷瞥了红毛春一眼,挠了挠耳朵,用时下时髦的方式说道:"禀告阁下……对不起,您可否告知您的尊姓大名和职业?"

红毛春用一种高傲的态度答道:"阿春 Me sừ(先生)①,以前是医学院的学生,现在是网球教授,摩登女郎欧化商店经理!"

"那您的交际一定很广吧?"

"这还用说!"

"既然如此,请您帮帮贫僧吧……如果您能帮贫僧,令我寺庙兴隆,我将分给您三成红利!我们是正经生意,不像佛教协会净搞一些不正当竞争。如果您为我们的报纸宣传,或许来我们庙里的善男信女就会多了。"

红毛春思忖良久,方才说道:"你这个修行事业还有很多缺点,需要改革啊……否则不合潮流,不合潮流就肯

---

① 法语 Monsieur 的越南语转写。

定会被淘汰。当下这个新时代，佛教如果不紧跟文明潮流而进步，也迟早要完啊。"

"禀告阁下，正是如此！您既生活经验如此丰富，就该帮帮贫僧啊……比如通判夫人和阿福少爷的事，如果您为我美言几句，那么我让他们干啥他们都会听的！"

"哈，这个是当然！你们的团队太差劲了！您看看人家佛教协会就知道了，人家每场葬礼要请好几个法师，还有好多信徒送葬，他们赚钱才厉害对吧？要是我来帮你们，我要改革一切落伍的东西！"

"要是这样的话，佛教的前途就全靠您了！阿弥陀佛！"

"但是每场法事要给我五分利。"

"唉，您可别向佛祖要这么高的价钱，真是罪过。"

红毛春把手放在桌子上说道："那要不我就不要钱，我只借《敲木鱼》报的名义承担所有工作，我给您二分利。"

僧人搓手说道：

"您可别看轻寺庙，罪过罪过。"

正在双方讨价还价的时候，副关长夫人身着一件传统奥黛出来接待法师了。

"阿弥陀佛！法师您好！阿福，快合手拜见法师，妈看你乖不乖！"

红毛春就在一旁静静地坐着，看得道的时髦高僧用慷慨激昂的论调，向副关长夫人要花样，让她为阿福少爷求佛拜神付出高价。

第十四章

唉，人情世态
忠诚的女朋友
阿春医生发怒

在欧化时装店和鸿老爷家，大家总谈论起红毛春，无意间就分成了支持派和反对派，两派各执一词。反对派由WAFN艺术家带领，包括秀新少爷、长角的通判的夫人。支持派是长角的通判、阿雪、WAFN先生的夫人、几个女缝纫工和几乎所有的裁缝。这样看来，不言而喻，大家都清楚红毛春得到了大多数人的支持。而鸿老爷、老夫人、文明夫妇没有明确表态——尽管这样可能遭受指责——这些人像墙头草一样，看哪边强大就倒向那边。考虑到事态的不确定性，这些人的犹豫不决也是必然了。

设计师WAFN一伙的反对派目前是最称心的，因为红毛春在副关长夫人家里住了下来，这样欧化服装店就能免遭他这种肮脏之人的玷污；但支持派感到可惜，因为这会让店里生意惨淡。

阿雪要嫁给红毛春的消息四处传播开来。大家疑心这是鸿老爷所为，是他在对一件事情作出决定之前先捏造消息来试探公众的舆论（如同政府的惯用套路），但这种舆论试探显然失败了，因为舆论太过沸沸扬扬，产生了剧烈冲突。

有的人指责红毛春是下里巴人，有的人又歌颂他是平民出身。平民和下里巴人本就难以分辨，两种身份极为相近，两派互相指责、争论不休。

有的人指责红毛春没受过良好教育，有的人反驳论说他的学识鲜有人能比！

想拆散这桩婚姻的人说："维克多·班老先生之前就告诉我了，红毛春不过是一个街头流浪汉。"

赞成这桩婚姻的人则反击道："你知不知道连直言医生也很敬重阿春先生，把他视为知己朋友？"

在这些舆论面前，鸿老爷不知该如何处理，只是嚷嚷道："知道了！烦不烦！说个没完！"

在这些舆论面前，老夫人也只知道长吁短叹："等再打探一下阿雪这孩子到底有没有失身再作决定吧。"

而此时，在父母的盘根问底面前，阿雪显然是一个解放的新派少女，她坦然地说："对我来说，阿春不过是一个男朋友罢了。"

文明先生听了有关妹妹的暧昧言论，也不好妄下结论。他本来就认为男女自由接触是欧化的标志，是进步的标志。如果他动摇这个信念，这对他自己的名声是不利的，他可是主张欧化的人士啊！因而尽管没有出面袒护妹妹，他也不敢妄言妹妹堕落了！他总是一本正经地感叹："唉，这播撒文明的种子也是任重而道远，困难重重啊！"

与此同时，红毛春还是坦然地身兼数职，他要做网球教练，要教育有所谓天子、佛子之称的阿福少爷如何脱离恶劣的环境，还要做增福法师的顾问来振兴佛教。只有偶尔闲暇时他才去欧化时装店那里待上十来分钟。每当这时，他总在众多的顾客面前故意给女老板讲解一些新奇的款式，他说话含蓄，绵里藏针地刺激她。他偶尔也会在设计师 WAFN 先生面前挑裁缝师傅的刺，挑逗几个时髦的女顾客，把 WAFN 先生气得瞪眼。有时候他有意无意地问几句："直言医生过来了吗?""约瑟夫设计师有事想找我，是他喊我过来的啊！"如果碰到阿雪，他则表现出一副冷淡严肃的样子，弄得阿雪委屈地直叹气，反而让其他人相信两人确实有一腿，很快要结婚。把戏玩久了自然就破了，争论多了反而离真理更远。最后没有谁搞得清楚红毛春到底几斤几两。只剩下人们互相争吵，互相结仇，不过如此罢了。在偏袒红毛春的那一派里，有些不过是记着他的恩情，想找个机会来报答他罢了。WAFN 先生的夫人就是这样。

这天下午，红毛春从《敲木鱼》报办公楼出来。他刚刚与"虔诚"的法师大快朵颐，吃了一顿酒焖狗肉，颇感受到贵宾待遇。此时他嘴里还一股酒味，脸涨得通红，走路好像脚底打滑，晃晃悠悠的。红毛春在回去的路上，恰巧遇见了 WAFN 先生的夫人独自走在路上，她衣着老派，满脸愁容。脸上仿佛写着"苦命少女嫁了一个对社会激进改革，却对家庭刻薄的迂腐丈夫"。

酒气上头，红毛春口齿不清地上前打招呼："哎呀！我的朋友，你一个人这是去哪儿啊！"

但 WAFN 夫人却对他这说话的态度很满意，甚少有人敢如此亲密地称呼她，真新奇！她瞻前顾后，确认街上四处无人，才敢像一个见习的新潮女性一般大胆地与红毛春握手，然后轻快地说："真巧，刚想去找您，就在这儿遇见了。怎么最近不常见您去欧化时装店了呢。"

红毛春又摆出一副正宗新派人士的口吻吹嘘道：

"你不知道我最近万事缠身太忙了啊？又是教他们打网球，又是体育运动，直言医生还委托我教育副关长夫人的儿子，班婆寺法师也恳请我帮忙编撰《敲木鱼》报，大家一直误以为我瞧不起人，我怎么能拒绝呢？所以现在只能让 WAFN 先生一人承担时装改革的重担了。亲爱的，我的朋友，你能理解我吗？"

听到这话，WAFN 夫人也大胆地用起了亲密的称呼：

"我一直很理解你啊，我的朋友。"

两个人完全像一对男女朋友似的慢慢走着。WAFN 夫人继续说道：

"但你不常来欧化时装店了，好像也不只是这些原因，是吧？我又不是别人，你有话直说就是了。我不知该不该问，你是不是因为阿雪？"

红毛春急忙抵赖，但又几乎是此地无银三百两了：

"大家怎么总是乱说呢！我和阿雪只是像你我这样的纯洁的普通朋友罢了，哪有什么风月之事！"

"那大家怎么都那么传？"

"什么？"

"大家都传言说鸿老爷想把阿雪嫁给你呢！"

红毛春高兴坏了，这是他第一次听到这个消息！但他还是装着叹气："这要是真的可就麻烦了！不知道怎么拒绝才礼貌啊！"

WAFN夫人愣了一下问道："啊？原来你不乐意啊？我以为像阿雪这样家境好、又漂亮又新潮的姑娘，你能娶到的话会让国内知识青年艳羡不已呢！你要是娶了阿雪，那可真是一对般配的鸳鸯啊！"

这话红毛春听着舒服极了，但他突然想起阿雪在蓬莱宾馆的那番"半个处女"的大胆言论，又不禁发愁。尽管乖巧的阿雪决不会在婚前把贞洁置之脑后，但红毛春还是不喜欢她这种半个"贞"字的想法。

想到这儿，红毛春长叹道："真是桃花多，麻烦多，烦恼多啊！"

WAFN先生的夫人又说道："哟，你真是小心谨慎啊！挑老婆都这么刁！"

红毛春接着说："我最怕的是头上长角啊。娶了阿雪也许我头上的角长得都能熬成鹿角膏了！"

听到这自嘲的话，WAFN先生的夫人苦涩地笑了笑，看来捕风捉影的猜忌毛病是所有男人的通病啊。于是她又苦口婆心地劝慰了几句，也算是表达知恩图报之心，毕竟之前她想穿着时髦时得到了红毛春的袒护："要这么说，那你是没想着要结婚啊？可有许多人因为这事儿污蔑你、贬低你啊。"

"是吗？都有谁啊？"

"我不能说，说了就增加仇恨，惹出口角了。你只要知道有这回事就行了。"

红毛春反复追问，但得到的回答都是相同的。WAFN 先生的夫人就是这样，她不想让别人说自己鹦鹉学舌、搬弄是非。她又接着说："我告诉你有人污蔑你、说你坏话，就是尽到朋友的本分了，你知道这些就行了。他们说你出身下等，没有学识，以捡球为生，以前是卖性病药的，还有好多丢脸的、不好听的事儿。"

沉思了一会儿，红毛春冷笑道：

"真是可怕！连我他们都敢这么说，那其他人他们还不知道怎么说呢！我是谁啊，文明先生、副关长夫人、通判先生、直言医生，还有你，哪个不了解我的学识？那些污蔑我的话除了维克多·班那家伙还能是谁说的！不过阿雪也了解我是什么样的人了。"

WAFN 先生的夫人追问道：

"啊？你怎么知道？好像确实是维克多·班啊！他还把这些告诉阿雪的未婚夫，那人又把这些写到信里去挤对鸿老爷！"

"知道维克多·班为什么恨我吗？以前还在医学院的时候，我想尽办法帮他开药店。后来知道他拿黏土做性病假药我就不干了，为这事儿他记恨我。不过他太愚蠢了，恨就恨吧，我怕什么！"

想到红毛春的地位和学识，WAFN 先生的夫人打消了顾虑，她觉得为了阿春的名声，她应该再说两句要紧话："朋友啊，我跟你再说一件事，你可要保密啊！鸿老太太说不管在哪儿，但凡遇见你，都要往你脸上啐几口，捆你几巴掌才是呢。"

红毛春停下脚步，震惊地追问："我？啐我？捆我？我可是救了他家老太爷的命，让欧化时装店生意兴隆的人啊！他们就这样报我的恩？这可真是什么世道！"

WAFN 先生的夫人慌忙解释："哎呀！你别上火！"

"那我得赶紧去她家，好让她啐到我脸上才行啊！"

WAFN 先生的夫人吓傻了，急忙拦住红毛春："天哪！求你了！千万别说是我说的！"

这时红毛春已经气昏了头，他伤心欲绝。此时，他这个鲁莽的，确实没有读过书的人，感到自尊心受到了强烈的刺激，再也无法忍受了。他简直想杀人……他的样子让WAFN 先生的夫人越来越害怕。

他直接叫了两辆人力车：

"人力车！人力车！过来两辆车！快点！"

WAFN 先生的夫人越是求他，他越是不管不顾。但是车过来了，可怎么办？

红毛春跟 WAFN 夫人说："你跟我走就是了。我不说是你告诉我的。何况她未必敢在我脸上啐。"

WAFN 先生的夫人只好上了车，一路上惴惴不安。半小时后，两辆车停下了。两个人一同进了屋。

这时恰巧鸿老爷一家都在，老太爷正坐在餐桌旁吃一碗燕窝粥。

鸿老爷正躺着抽大烟，旁边是专门伺候他吸鸦片的仆人。鸿老太太、文明夫妇、阿雪和秀新少爷坐在客厅里，红毛春面带愠色地跟众人打了个招呼，然后走到老太爷床边大声问道：

"老爷子您身体还好吗？是不是我给您治了病您就不难受了，不用再请大夫了？"

老太爷停下手中的汤匙，忙不迭地答道：

"太感谢大夫老爷了。自从你给我治了病，我身体一直不错，还不知道该拿什么谢你呢！"

"那就好，没什么要谢我的！"

红毛春阔步走到外面的房间，装模作样地问文明先生："我没过去帮忙，店里的生意还好吧？"

文明太太接话道："是的，很多太太、小姐来店里问到你呢。"

红毛春摆出一副高傲的样子，把手抄进口袋接着问："问我做什么！我这么个名声！下里巴人！浪荡子！捡球的，不正统，只配往脸上啐几口罢了！"

鸿老太太害怕地侧目看红毛春，接话道：

"哎呀！谁敢这么说！大夫老爷您怎么这么说呢！什么事惹您不高兴了？家里谁怠慢了您？"

看母亲放软了语气，阿雪心里高兴，解释说是来送年礼的未婚夫瞎说的，是维克多·班污蔑红毛春。她跟WAFN先生的夫人抱怨过这事了。

红毛春还是走来走去，气呼呼地说："我就是想找人在我脸上啐几口，捆我几下！"

这时文明夫妇想发火了，想揭下红毛春的假面孔。但是 WAFN 先生的夫人还有仆人都在场，说出来就要毁了妹妹阿雪的名声。二人互相看了一眼，内心十分痛苦。鸿老太太看到儿媳这般表现也很困惑。红毛春的愤怒、对老太爷的救命之恩、女儿阿雪爱阿春、阿雪的未婚夫写来的告密信，这一桩桩事儿使鸿老太太不知所措，她无法分辨对错。不知该如何是好，鸿老太太只好用缓和的语气说道："大夫您请坐。家里哪有人出言不逊怠慢您呀？"

红毛春在屋里踱步，愤愤地说："敢惹我生气你们死定了！我过不好谁也别想好过！"

一屋子里的人都沉默了。众人惊慌得不敢说话。红毛春一直阴着脸，在屋里踱步几十分钟；屋里静得只听得到他的鞋跟声。他慢慢消气了一些，此时通判夫妇挽着胳膊走了进来。他的思绪突然跳到了那能够让他还增福法师一顿"斋饭"的五块钱上。于是他挺胸说道：

"先生，先生您是一个长角的丈夫！"

所有人都像触电一般！通判先生抱胸扑倒在地，一脸痛苦地数落："我的天哪！这事儿给我脸上添彩了？我老婆跟别的男人睡觉已经世人皆知了，全天下都晓得了！真是心痛啊！要命啊！"

红毛春还没来得及为这恶作剧转为悲剧而错愕，那边，老太爷也发出一声呻吟，倒在了床上。

全家人慌了神，分成了两拨，一拨扶老太爷，一拨扶通判先生站起来。鸿老太太急忙向红毛春哀求道："请您大人大量先救救老爷子吧。"

老太爷呻吟道："用不着！让我死了算了！活着也是丢脸！要治就治治家里的声誉吧，他们已经把家里的清誉都毁了！"

说罢老太爷接连倒气。鸿老太太眼含泪水恳求红毛春。大家都帮着老太太说话，红毛春看到这样的悲剧，满是真诚地自首，说出了一番众人理当相信的真话：

"老太太，我确实是没上过学，以前捡球为生，实为下等人，我也不是医生，不懂用药！"

然后他走出了门，像贼一样径直逃跑了。

鸿老太太非常后悔。其他人纷纷指责红毛春因为私心失去了职业良心，是一个不称职的大夫。

第十五章

丧家的幸福
再文明也要说
葬礼楷模

三天后，老太爷真的一命呜呼了。

老太爷临死前全家乱作一团，有的去请西医大夫，有的去请中医郎中，老老少少忙得不可开交，着实验证了那句"厨子多了煮坏汤"的俗语。老太爷死了，红毛春的名声反而响亮起来。那三天他躲到了人不知鬼不觉的地方，以至于老夫人派人去到处找都找不到。而他躲起来似乎正好也有一个冠冕堂皇的理由。

少了红毛春医生还真不行，那些正牌医师都束手无策。像直言医生，眼见同行红毛春拒绝治病，明白病人已是病入膏肓，所以也不敢接下这差事。这对那些胆敢说红毛春是下等人、是浪荡子、是没文化的无赖、是捡球童的人来说，真是一个天大的教训。他们还去请了脾郎中和肺郎中，但这两位老先生和其他懂得自重的名医一样，都拒绝去治病。大家甚至还想到用那碑庙的圣药，尽管那黑土、牛粪制成的圣药刚刚治死了一个肺痨病人和一个伤寒病人。上级官吏调查得出结论，说是一群强盗抢了庙里的功德钱，才使圣药失去了灵性。诸事不顺，年过八旬的老太爷无可挽回地死去了。全家都乱成了一锅粥。鸿老爷不停地呵斥，伺候他吸鸦片的仆人数了数，他一共说了一千八百七十二次："知道了！烦死了！说个不停！"

老太爷的死令很多人兴奋不已。鸿老爷在他长角的通判女婿耳边悄声说，要多分给女儿和女婿一些遗产，会有几千块。通判先生没料到自己头上长角竟会带来这么大的利益。他觉得红毛春有宣传才能，仅凭一句话就能挣来几千块，因此在得到岳父大人的金贵承诺后，他立马和红毛春筹划做生意……

"先生，先生您长角了！"仅仅因为红毛春说了这句话，就让他多赚了几千块，如果他说："先生，这种商品是最好的，是要出口到西方的。"肯定更有价值。通判先生想马上见到红毛春，再付给他五块，在跟他进行新的生意合作之前，得先履行先前的承诺嘛。

鸿老爷闭眼想象自己披麻戴孝、挂着哭丧棒步履踉跄，一边咳嗽一边痛哭，天下人都对他议论纷纷的情形："看哪，他长子都这么老了！"

他十分确信这样一场葬礼，这样一根哭丧棒，必定会人人夸赞。

鸿老爷的儿子文明先生最关心的是请律师来公证祖父的遗嘱。那么从今以后，遗嘱就将正式生效，不再只是遥远的理论了。现在他只头疼一件事，那就是如何处置红毛春才得当，他犯了两个大错，一是玷污了他一个妹妹的贞洁，一是诬告他另一个妹妹与人通奸。而这两个错还无形中引发了老爷子的死。两桩小罪，一件大功……该怎么办呢？他迟疑不决，抓耳挠腮，脸上若有所思，这反倒很合时宜，因为他的表情看上去恰好像是家中有人去世、一片混乱时该有的样子。

而混乱是真的混乱。家里死了人，上级官员来例行草草查验了一番。老太爷已经死了一天了，尽管举行葬礼的一切工作部署完毕，但却还不见鸿老爷下令分发丧服。年轻一辈的，也就是孙子孙媳一派，已经开始抱怨老辈人磨蹭拖拉。秀新少爷早早准备了几台摄像机却一直用不上，显得狂躁不安。文明太太则因为还不能穿上时髦的粗麻丧服、戴上黑色蕾丝花边的白色孝帽而心急如焚。这两样东西搭配起来效果很好，欧化店一经推出就能卖给家有丧事的人家，为承受悲痛的人们送去些许人间的幸福。WAFN先生十分气恼，因为一直看不到自己的设计公之于世，也不知道报界记者会如何评价。人们把过错推到文明先生身上，说他不善操持，以致诸事延宕。鸿老爷只一味闭着眼喊："知道了，烦不烦！"老夫人还是老样子，啰里啰唆。之所以不发丧，真正的原因在阿雪，或者说，在于红毛春带给阿雪的祸事。

当鸿老太太从阿雪的未婚夫家回来时，只盼老爷子能早早下葬的一群至孝子孙茫然地看着她，鸿老太太悄悄地叫文明先生和她一起上楼去见鸿老爷。这时，老爷刚刚抽完第六十支烟，伺候抽大烟的仆人躲到了别处，让老爷享受这烟草留在肺间的余韵。看到鸿老太太，鸿老爷坐起身来问："怎么样了老婆子？谈得如何？他们要悔婚吗？"

鸿老太太静静地在一旁坐下。文明先生也拉了一把椅子在床边坐下。鸿老太太长叹一声，说："太难捉摸了。他们不悔婚，也不干什么，还要过来吊丧，这真是怪呢！"

"唔！那你怎么不问他们能不能喜冲丧？"

"他们也不想喜冲丧，那你让我怎么办？"

"呵！那是想毁婚还是继续？是肯定要娶阿雪还是嫌她不贞洁？至少，他们也该给个明确的态度吧？"

鸿老太太反问老爷："那你猜猜看他们心里是怎么想的？"

鸿老爷嚷道："你争着去了，又问我们坐在家里的人是怎么想的？"

于是，鸿老爷和夫人叽叽喳喳吵起来，像那些老式家庭一样，不管是什么事，只要是夫妻两个人商量，总要先吵个十五分钟才停下来。

"我觉得吧，他们肯定不会相信阿雪失贞了。"

"算了吧！我觉得人家想悔婚了，别偏袒你女儿了！"

"那怎么他们还要来吊丧？你别傻了！"

"这才是他们的把戏呢！他们也不悔婚，也不结婚，就这么拖着，没人敢来问阿雪的亲事，最后她在家就变成老姑娘了！"

"不一定呢！也许人家也像我这么拿不准，连我们都不知道阿雪是不是失贞了！我跟他们讲把婚事提前到葬礼前，省得破费，不然还要再等三年时间，人家说了，儿子还小还在读书，不急着办婚礼。等个三年五年的也不着急。"

"那现在怎么办？要我说，直接去问阿春是否愿意在葬礼前娶阿雪，他同意就行了！"

鸿老太太沉思了一会儿。她还记得红毛春说的那句"我不好过，你们谁都别想好过"，而且他当着通判女婿的面说他长角，让她女儿难堪。红毛春这火暴的脾气令人害怕，要是再看到他，她也定会尴尬。有一个这么有名望的女婿确实长脸，但也令人生畏。老太太不知该如何定夺，转过来对儿子说：

"老话说，'子不教母之过，孙不教祖母之过'。现在是你把阿雪搞成这个样子了，你让我们脸上无光，你看着办吧！"

鸿老爷脸一沉，也呵斥道：

"没错！Toa（你）是怎么想的？家里的女儿大了，就像埋了炸弹一样危险，不是吗？Toa（你）要想办法把最小的女儿嫁出去，这个家就没什么顾虑了。"

文明先生抱着头想了好久才回答道：

"这也不行啊。大家都疑心她中意阿春，现在我们急急火火地在葬礼前把她嫁给阿春，这就等于承认了咱们家的女儿跟阿春一起胡混。只有一个办法，先操办葬礼。等这个事情过后，如果他们来提亲，咱们就把阿雪嫁过去，如果不来，再嫁给阿春也不算晚。"

鸿老太太立刻问道：

"这个容易吗？为什么那天你说不确定阿春是否同意？"

文明先生只好辩解道："如果我劝他，他会同意的。"

而鸿老爷呢，他是非常乐意有一个阿春医生这样的女婿的。看到儿子这么说，他也就表示同意，尽管他更希望事情立马就定下来。再说文明先生吧，在这种窘迫的情形下，他真是希望过去的记忆可以轻易用香皂清洗掉，因为只有把红毛春的那些糟糕的瑕疵统统抹掉，妹妹嫁给红毛春时，他才不至于丢脸。过去他常因别人对红毛春的误解而生闷气，现在却为这些歪打正着暗自高兴。跟那些新潮人士一样，他也是犯了错而没有勇气承认的，只好压抑在心中，暗自寻找机会来挽救。他站起来大声说道：

"好了，爸爸妈妈尽管放心。我会想办法让阿雪嫁一个有头有脸的人。现在就着手发丧吧，不然太晚了。"

三个人平静下来，下楼去处理丧事。那些没心没肺的小辈们正热闹着。大家热热闹闹地传递纸做的冥物、预约送葬唢呐手、租丧事车，等等。那天晚上，来吊唁的客人络绎不绝。

第二天早上，7 点准时发丧，他们专门聘用了 18 区警察局的明杜和明德两位警官来维持葬礼秩序。时下无人犯错受罚，警局收不到罚金，两位警官正难过得像破产的商家一样，这时能被聘请做事，他们异常感动，维持秩序也就格外用心。实际上，办丧事的一家人都很开心，除了阿雪。她找遍了送葬队伍，都没有看见自己"男朋友"的身影，真是心如针扎。她不明白红毛春为什么没有来吊唁，也没来送葬。难道是阿春看不起自己了？这些问题令她非常痛苦，想死的心都有了。

今天阿雪穿着一身"纯真"套装，那是一件很薄很透的奥黛，内衬黑色蕾丝边胸罩，整个腋下和半截酥胸呼之欲出。她还戴着一顶很漂亮的丧帽。因为感觉流言蜚语玷污了自己的名誉，她特意穿了这套"纯真"套装，想昭告天下，她绝对没有失去贞洁。在为客人们卷槟榔和烟草时，她格外温柔，脸上还流露出一种家遇丧事的浪漫的忧愁。鸿老爷的朋友们胸前都挂满了各种勋章，有北斗勋章、龙形勋章、高棉勋章、万象勋章等各式各样的。每个人下巴和腮上都留着或长或短、或黑或棕、或浓密或稀疏、或直或卷的胡子，显得颇为威风。这些有头有脸的人紧挨灵柩坐着，看见阿雪胳膊和胸前露出的白皙皮肤，个个都垂涎欲滴。在他们眼里，那肌肤的诱惑可比葬礼上吹出的或哀怨或热闹的曲调更打动人心。

葬礼的形式糅合了越南、中国和西方特色，有八抬轿，有烤乳猪，有越南葬礼乐队，有法国哀乐，有花圈，还有差不多三百副对联。送葬的人有几百人，由秀新指挥，各路才子争相拍照，宛如参加庙会。这葬礼的场面之大，让人感觉躺在棺材里的人可能也会频频点头，或者开心地笑起来。

送葬队伍走过了四条街，WAFN 夫妇、副关长夫人、约瑟夫·设及另外几人一直毫无顾忌地批评红毛春的高傲态度。突然间，整个送葬队伍停了下来，好像是遇到什么交通事故似的。而此时，大家看见六辆汽车从一个路口拐进来，车上坐着班婆寺的法师，每辆车都竖着两把罗伞，跟在送葬队伍中五面黑色的旗子后面。两个巨大的花圈也插在汽车队伍前面，一个是《敲木鱼》报送的，另一个是红毛春送来。秀新连忙跑上前去噼里啪啦拍照，然后转身禀告母亲。鸿老太太开心地跑过来，她非常感动，她知道是因为阿春医生是《敲木鱼》报的顾问，才让葬礼变得更加隆重。她开心地大声嚷道："要是没有这一出，葬礼就谈不上盛大，多亏阿春先生帮我想到这些啊！"增福和尚坐在车上也感觉很开心，想到街上那些看热闹的人中一定有人会认出他，这样他就打倒了佛教协会，他的《敲木鱼》报也就获得了初步的胜利。

红毛春安排确认好大事小事，然后回到送葬队伍里。阿雪向他眉目传情，表达感激之意。所有的人都把注意力转向了他，有的称赞，有的嫉妒。

送葬的队伍走到哪里就把热闹带向了哪里。整个城市都在宣扬葬礼规模之盛大，这更让鸿老爷顺心。大家尤其注意到了欧化时装店的丧服款式，这更让 WAFN 先生和文明太太得偿所愿。鸿老太太高兴的是，红毛春不仅没有生气，还前来送葬吊唁，促成了这场世人给予最高评价的隆重葬礼。

葬礼就这么热热闹闹地进行着。

越南喇叭、西洋喇叭、中国喇叭，轮番吹奏。大家看似面色凝重，但私下里却都在小声讨论自己的妻子、孩子、房子，新买的家具、新订做的衣服。送葬的几百号人中有一半是妇女，她们大部分人衣着入时，阿雪、文明太太、黄昏小姐、副关长夫人的朋友，等等，都时髦得不得了。人群中才子佳人甚多，他们像鸟雀般叽叽喳喳，打情骂俏、互献殷勤、闲言碎语、暗定约会，表面上却还竭力保持着送葬人应有的忧愁姿态。

在丧家那些哭泣声、嘲笑声中，人们听到夹杂着这样的话题：

"那个是谁家的小孩那么漂亮？""旁边的姑娘更漂亮啊！""哦，天呀，真是一个薄情寡义的人！""他老婆以前把他甩了？""已经有两任丈夫了！""还好年轻！""看她的胸，真大！""帮我牵线啊？""金矿还是铅矿啊？""不，不约会！""妻子这么肥，丈夫那么瘦，肯定要长角了！"……

还有很多这种说笑的言论，跟送葬的队伍十分相配。

送葬队伍走啊走。

抵达墓穴下棺时，秀新的那件白色长衫已经邋里邋遢了，他还拉着每个人都摆出各种姿态照相，他让这个挂拐杖，那个弯腰低头，或者表演擦眼泪，就为的是在下棺那一刻留下好照片。为了避免重复，从不同角度拍摄照片，秀新少爷的朋友还毫无顾忌地跳到旁边的坟墓上拍照。

红毛春拿着帽子严肃地站在长角的先生一侧。这时，鸿老爷哭了一声就昏过去了，长角的先生也顺势大声地哭喊："啊，啊，啊……"

大家都把注意力集中到他家这位难得的女婿身上。

他裹着巨大的白头巾，通身拖曳着宽大的白袍子，哭得相当隆重，等他想停下来时几乎都站不稳了，幸好红毛春扶住了他。他晃晃悠悠了好久才完全站稳了。可他依旧哭个没完："嗯，啊，嗯，天啊……"

红毛春想松开手，突然发现通判先生往他手里塞了五块钱。他紧紧握住，生怕别人看见了。然后他又去找增福和尚，彼时增福和尚已经淹没在吊丧的三百号人群里了。

第十六章

一场光荣又幸福的误解！

红毛春征服警界

　　看见红毛春后，文明先生暗自思忖："呃，这家伙看起来倒体面了不少，不像下等人了！锦衣玉食就是能改变人啊！我得想想怎么合理解释才能让他顺利进入体育总局的名单。总不能说是为了把妹妹嫁给他，就把一个捡球的提携成运动员吧？要不就直说？"他正在犹豫，此时红毛春已经推开门，向他招手，说道："发生什么事情了吗？副关长夫人带阿福去班婆寺祈福了。"

　　"你忙吗？"

　　"我现在闲得很。哦，最近你太太的球技好多了！"

　　两人正走着时，欧化店老板突然停下来。他假装没听见红毛春赞美他妻子，转而说其他事："你现在马上上楼换上正式的衣服跟我走。有很重要的事！"

"什么事儿啊？"

"别问了，先换件衣服去！"

文明先生大约等了十分钟，红毛春就穿戴整齐下来了。他还不清楚要去哪儿，但他从前的老板已经叫了两辆人力车，对他说："如今有关我妹妹和你厮混变坏的流言到处都是，究竟是什么情况？你现在跟我走，咱们得马上解决这个棘手的问题。"

红毛春担心极了，马上就联想到监狱、侦查局、法庭，他的前老板可以借助这些国家机关，把他关押起来，刑讯拷问，定他诱拐良家女子之罪。所以，他站住沉思，并没有上车。

文明先生则暗暗想："难道说这家伙根本不想娶我妹妹？或者他们两人之间根本就没什么事儿，只是大伙儿谣传罢了？"

他正犹豫不决时，红毛春答道："先生，是我的错，请您原谅。阿雪爱我，我也爱阿雪，如果您现在要把我们分开，您就杀了我们吧，因为我们已经不可分割了。"

听到他这么说，文明先生愣住了。这就说明妹妹已经失去贞洁了，此事毫无疑问了。除了阿春，阿雪还能嫁给谁呢?! 事已至此，现在只能把话说得好听点来挽回面子！于是他果决地说道："这些已经无关紧要了！我来挽救，我会让你变得身价倍增。我帮你去体育总局登记成为网球运动员，然后你就有机会参加上流人物的北圻网球锦标赛。我要让我妹妹嫁给一个运动员，而不是一个捡网球的小子。"

"原来您现在是想让我跟您去体育总局?"

"是啊。你想想看,我是进步人士,我的头脑里没有那些封建阶级思想!出于对运动的一腔热血,我意识到你将来会对国家的体育事业有所贡献,所以在你被网球场解雇那天伸出援手。情况就是这样的。你想想看啊,自从你来为我们工作后地位就渐渐改变了,现在你俨然是另一个全新的人了,所以你才迷上我妹妹。这大概就是天意,即使你们没有相爱,我也曾打算把妹妹嫁给你的,我有这个想法已经很久了,所以你才会有这样的机会。"

这些话令人感动,红毛春听了之后,立马消除了那些可能进监狱、侦查局和法庭的荒诞念头。更出乎他意料的是,他还有进体育总局的机会。但是,他想到他那不堪的过去,他觉得自己不配做阿雪的丈夫,想婉言谢绝。他愁苦不堪地说道:

"先生,从前您在老太爷面前戏称我是一名医学院的学生,所以阿雪才爱上了我。如果阿雪嫁给我就是犯了大错,而我娶阿雪就等于欺骗了一个出身名门的好女孩!"

这些话让文明先生心生惭愧。他觉得自己过错大了。他确实没料到会发生如此搞笑的事情。于是解嘲道:"这也没关系!我知道你本身就懂医理,我当时那么说只是为了让事情更顺利。因为这个迂腐的社会一直都只重视文凭。其实,就算你不是医学院的学生,我也愿意把妹妹嫁给你。"

虽然文明先生认真地打了包票,但红毛春还是愁苦地说道:"先生,您如此体谅我的心情,实在太好心!但您再考虑一下吧，阿雪她是富贵人家的漂亮女儿，家世显赫；而我呢，正如您所知，无父无母，自幼流浪，在网球场捡球，在街上卖烤花生，做过那么多低贱的工作。我觉得我一点都配不上阿雪。"

文明先生蹙眉沉思：这家伙怪了！干吗要让我改变想法？我妹妹的那份像宝矿一样的家产足以让他衣食无忧啊，他不明白吗？他肯定是想让我做出保证，真够刁难的！

于是用那种不耐烦的语气回道："这有什么呢！哪有什么低贱的职业？只有低贱的人。我奉行平民思想，很期望有一个像你一样的平民妹夫。况且阿雪也有自己的私产，娶了她你就不用担心生计艰难，只要专心献身于国家体育事业就行。"

红毛春依然拒绝："算了，我不太敢接受。请您容我再考虑一下。"

文明先生愤怒到了极点，用恐吓的语气说道："这是道德问题！你让一个出身体面的女孩名声受损，我必须解决这件事。如果不能解决，我就和你没完。"

红毛春害怕了，连忙说道："嗯，您要如何处置我都行，只要您高兴。"

此时，文明先生长舒一口气，高兴得像一个逼嫁成功的人。他再不必担心这件嫁娶之事了，可以向母亲回复了。他快乐地指着车让红毛春上。

到体育总局后，红毛春觉得他的人生踏入了富贵功名的康庄大道。那里的车道上到处是漂亮的汽车，无论越南人还是法国人都衣着华丽，还有那么多漂亮的时髦女郎。在这种氛围里，红毛春觉得自己也已经跻身上流社会了！啊！体育！有什么你做不到呢？！体育啊！自由万岁！

当他的脑子里充满了关于我们民族未来的各种崇高思想时，文明先生带他走进一间宽敞、威严的办公室，墙上贴着各种运动的画报，有网球、拳击、击剑、游泳、撑杆跳高、自行车比赛、赛车，等等。在那里，不少人跟文明先生握手寒暄，也顺便与红毛春握手。看着那些人用法语叽叽喳喳地交谈，红毛春的脸上流露出一种重视母语而对法语不屑的神情。大家看到他这种态度也感觉很不舒服，文明先生忙介绍道："各位，这是我的朋友，阿春，他是一个网球教授，今天到这儿是为了冲进北圻网球锦标赛的，他前途无量。"

一位知识分子转向红毛春，用法语向他问好了一通，但红毛春只是撇嘴道："您讲越南语就行了！"

那人面露惭愧，意识到了自己轻视母语的错误，连忙改用越南语说道："唉，我说顺嘴了，请您原谅！我久闻您大名，如今得以相见，实在是荣幸之至。"

红毛春侧头道："我也很荣幸！"

"谢谢您！我多次见过您打球，着实佩服。您前途无量。我们正担心咱们北圻无人与中圻、南圻对抗，现在您的出现让我们有了指望。如果您能够打败中圻、南圻，您会作为印度支那的代表去暹罗参赛。"

"我也希望如此。"

之后大家郑重互相握手告别。由于局长不在，大家都觉得要尽量多结交些朋友才算不虚此行。红毛春因此认识了许多网球运动员，其中还包括巡抚和总督的儿子，大家互道"荣幸"，都希望能与红毛春在日后的锦标赛中较量一番。红毛春的耳朵被赞美声包围，那些有把握打赢的人主动与他交谈，但都表现得谦逊有礼；至于那些技术不佳、自认为会落败的人，他们可一点都不敢冒犯他。

有三家日报的体育记者争相采访了他，立刻在体育界引起了热议。人们都在谈论他，在他们眼里，红毛春是一位网球教授，球技高超，已经名列选手榜。文明把红毛春推向大众时用了一种极其圆滑的手段，他像一条忠于主人的狗一样站在红毛春的身边，生怕他出疏漏损害名声。不过，红毛春表现得又大方又谨慎，总是像上流人士一样摆出高傲的姿态。遇到难以回答的问题时他就闭口不言，指指旁边的文明先生："如果想了解什么事儿，请您问我的老板。"

这反而让文明先生也沾了光，因为每当记者为其拍照并向读者介绍"北圻的希望"时，就要求文明先生也站在旁边。

后来，就像那些又优秀又自信的选手一样，红毛春偶尔会亲密地拍着文明先生的肩膀说："我会让你名声大噪的，就像阿金、阿交令他们的经纪人阿燕获得功名富贵一样。我想你一定会因为我而变得家喻户晓。"

文明先生听了这话很开心，因为他知道这是事实，尽管红毛春是在他的扶持下才有了个人样。

他们二人在一群洋人、乡绅会会长、经理面前签了名，与他们亲密地握了握手，然后得意扬扬地走了。走到拐弯处两人撞上了两个警官，就像是两辆汽车互相没看见而"咚"地撞在了一起。红毛春抬头一看就认出了是18区警署的明杜和明德两位警官，他们其中一位拿出纸和笔打算开罚单："我们是右行的，你们两位走了左边，签名吧！"

"荒唐！哪有这种法律？！这是在室内，又不是在大路上，为什么要罚？！"

"我可不管这些！你们撞到了国家公职人员，妨碍了我们执行公务……"

红毛春挺胸说道："我是阿春 Me sừ（先生），网球教授，是北圻的希望！"

两位警官害怕得互看了一眼……其中一人也傲慢地挺胸说："我是明德 Me sừ（先生）！四等警察，战功辉煌，河内至河东自行车赛一等奖获得者，河内至涂山二等奖获得者，是警察界的未来！"

另一位警官也模仿同伴的样子，傲慢地说："我是明杜 Me sừ（先生），五等警察，河内至南定自行车赛一等奖获得者，曾经赢得过兰登杯和米莉亚杯，是河内警署的光荣，是印度支那的希望！"

两人昂首挺胸炫耀自己，仿佛维持城市秩序的必要条件是车速了得，他们得意扬扬地忘了开罚单的事儿……

文明附和道："嗯，我觉得要想当一个好警察，就应该这样。"

一个警官也附和道："我们根本就不需要专门训练。

我们管辖着十八条街，可以整日整夜溜车，就算是阿奉和阿供①那样勤奋的运动员也不比我们的日常训练严格！"

另一个警官又接着说："偏生我们骑的是那样寻常的车，又是在拥挤的街道上 ru lip（自由）练习！每天都是长途练习。既然没有什么罚单开，我们也就当是赛车解闷罢了！体育万岁！警察万岁！"

红毛春点头说："原来我们是志同道合的朋友啊！"

两个警察齐声答道："对！没错！不过，我们还是得照样开罚单！"

红毛春又说："我们都是为了体育的未来，我们是光荣的一代！"

"这不用说，不过一码是一码。"

"这么说我们刚刚撞在一起不过是一场体育事故罢了，谁会惩罚遭遇体育事故的人呢？"

两名警官抬头互看了一眼，不知道他们这样说是否合法。但是红毛春又说："就算了吧，如果皇上宴请体育冠军，往后我们可能会坐在一起呢……谁忍心罚呢！"

文明先生嚷道："别跟他们废话了，开罚单就违反法律了，哪种法律规定是这样罚的！"

明德搓手回答："我们是警察，当罚则罚！一般人害怕法律，我们是国家公职人员不怕法律！如果您指责我违反法律，就是妨碍国家公职人员在履行公务了。"

红毛春打圆场说："您说得有理！算了算了！您是不

---

① 这两位都是知名的自行车赛运动员。

是来这里报名的?"

"对! 河内-Tourane（土伦①）杯比赛!"

"所以您看，咱们同为体育界的后起之秀。如果处罚就结仇了，做朋友总好过做仇人。从今以后我们就互相帮助，互相宣传吧。"

"此话怎讲?"

"你们就宣传我是网球才子，是印度支那网球界的希望……"

两个警官一同追问:"那我们呢?"

红毛春拉长声音说道:"至于你们两位嘛，只要看到你们在巡查，我们就会向周围的人宣扬你们的优秀事迹，说你们两位恪尽职守，一心维护城市秩序，必将在河内至西贡大赛中获奖，必将在警界中一路节节高升……您说对吗?"

两位警察点了点头，与红毛春和文明先生两人握手言和，表示不再开罚单。

原来警察就是这样履行职责、严格遵守法律的。

---

① 即今天的岘港。

第十七章

未婚夫

强奸事件

国家专职人员的调查

阿雪非常感动，像一个真正浪漫的女人一样说道："亲爱的！我太高兴了！真是难以想象咱们的婚姻就这么轻而易举地得到成全了！我高兴死了！我想自杀了！"

红毛春不理解这些饱含诗意的浪漫话语，皱眉问道："自杀?!眼看就要结婚了你却要自杀！"

阿雪指着竹帛湖解释道："如果我俩一同跳进浪花里死去的话，全国的人会不会因为我们炽烈的感情议论纷纷？不过算了，我也就是跟你开个玩笑撒撒娇罢了。看到你这样担心，我已经很满意了，这证明你是真的爱我。"

红毛春像一位可爱的丈夫一样轻声骂了一句："唉，坏脾气的少奶奶，怕是没有人像我一样宠你吧！"

俩人在湖边漫步。此时才早上 8 点，太阳还未穿透云层，似乎怕惊扰了这对佳偶，习习微风仿佛也在艳羡这对鸳鸯。阿春和阿雪约好用一种古典的方式沿着古渔路来一次长长的漫步。路上，红毛春把文明先生逼着他娶阿雪的那些话语重复了一遍，把事情的前后经过讲明白了。听到那些，阿雪的自尊心有点受伤，不过，她还是很高兴有这样的结果。知道红毛春是被逼着娶自己的，阿雪倒觉得自杀冲动很合情理了。

此时俩人都显得心满意足。

红毛春问："阿雪！你知道你哪一点使我爱上了你吗？"

"是因为我真诚吗？"

"是因为你太傻了。你竟打算让我败坏你这样一个良家女子的名声。你怎能这样相信我？"

阿雪耸肩说："是因为我太诚实了！你想想看，我是不是让你检查过我这里不作假，我才不屑用橡胶胸垫！"

"确实如此！多亏了那对胸垫，让我们了解到彼此的真诚！在这场社会改革中，一副胸垫成就了我们的幸福……"

阿雪欢呼道："欧化万岁！胸垫万岁！"

阿雪正欢快时，突然马上收敛了笑容。前方，远远地，一位青年气势汹汹地向他们跑来，他衣着古板：戴绫帽，着长衫，脚踩一双老式鞋子。

阿雪犯难地跟红毛春说："那是我的未婚夫，但我已经跟他悔婚了。他也许是来跟我纠缠闹事的！我不想见他，你来打发他吧！你得给他个教训啊！我回副关长夫人家等你。到那时我再把整个事情的原委告诉你。"

说罢，阿雪转身拦了辆黄包车，与红毛春挥手告别后乘车而去。红毛春点头后，双手抱胸等待闹事之人。

那青年走近红毛春，对着他拱手作揖，样子就像一位大儒生。

红毛春摆手说道："真落伍！你不懂进化吗？体育啊！改革社会啊！你都不懂吧？"

那青年又生气又害怕，磕磕巴巴回答："请容我自我介绍……我是刚刚跑走的那位阿雪小姐的未婚夫！"

红毛春垂首说："我很荣幸……"

然后又挺胸说道："我是阿春先生，网球教授，北圻的希望！"

那青年此时已面露斗败之色："很荣幸见到您！抱歉打扰您。您十分有才，但请您不要做伤害他人的事。如果我没说错的话，您是要夺走我的未婚妻。我没有名望，没有才干，您赢了我也不光彩！"

红毛春听到这里，觉得自己有必要给他上一课，就用之前偷学到的那些时髦话语说道："你呀……不懂时尚、落后、陈腐，不可理喻！而我呢，是欧化事业中的一分子，我对我国的文明进程承担着重大责任！我们并非像迂腐派抨击的那样只改革表面！我们是顺应社会规律，在日新月异的今天，保守的一切势必要被淘汰！你不进行欧化，你就是进步道路上的绊脚石！体育是为后代着想，与健康息息相关！夫妻幸福就是幸福的家庭，你说说有什么比得上夫妻幸福?"

那人在一阵沉思后回答:"然而……然鄙人实乃世家子弟……论学识,鄙人也拿到了中等文凭。论家世,鄙人乃通判之子,县长之孙……阿雪嫁与鄙人也算是般配,何故如此翻脸呢?"

红毛春怒气冲冲:"你,你是平民子弟吗?我请问你,你有平民家的血脉吗?你这人真奇怪!根本不懂时尚,你得懂得什么是合乎时宜的服装才行啊。"

那人面露惭愧之色!不仅他的服装不合时宜,连他的家庭背景都不合时宜!真是糟透了。

正当他打算辩解时,红毛春摆手恐吓说:"而我呢,只是一个底层人士!以前我在街上叫卖烤花生,在电车上售卖万金油,在剧院跑腿!只有这样的人才能娶鸿老爷的女儿。你自己看着办吧!"

这位未婚夫因为红毛春的一通讥讽胆怯了。他想或许红毛春的出身非常高贵,或许那些传言是维克多·班胡诌的,所以红毛春才敢如此理直气壮地重复那些话。

不过,他依然忍无可忍,如同狗急跳墙般放狠话:"先生,您非得这样就请便!但出于礼节,我有必要告知您,从今以后,我们就是生死仇敌了。请您记住这件事。"

话毕,那人礼貌地作揖辞别。

红毛春愣在那儿,暗自思考刚才那些吓唬他的言语。之后,他叫了黄包车回副关长夫人家,他的恋人正在那里等他。想到自己已经教训了那未婚夫一顿,他觉得舒服多了。至于生死仇敌这种事情,他一点儿也不怕。因为在这个世上，谁能一时半会儿就把别人杀了呢?

到家时，红毛春发现阿雪在客房边看影集边等他。此时是早上 10 点，副关长夫人还没起床，阿福也还睡着。红毛春很高兴这会儿能松口气，即使也只有半小时。现在，他能够和恋人毫无顾忌地聊会儿天，没人来打扰。

"亲爱的，你教训那家伙了吗?"

"当然，我给他讲了些道理让他放弃，不要抱无谓的希望。他跟我作对又有什么用呢?!他也算识趣。听了我的劝告，他乐于接受，还祝我们百年偕老呢!"

"还祝福我们了?"

"对!他还说了，阿雪嫁给你比嫁给我要好……我爱阿雪，当然希望能够看到阿雪幸福。"

阿雪于是跳起来环住阿春的脖子:

"那我得亲你一千下奖励你才行!"

红毛春理所当然地接受了这些吻后悄悄在恋人耳边说:"我……如今……只想真正败坏你的贞洁了!"

阿雪以一种无可辩驳的伦理学究的口吻撇嘴回答:"真不害臊!得了吧你!现在才不是败坏了，是我这个良家女子捡了一辈子的便宜!你知道，我是一个很浪漫的人哦。"

阿雪推开红毛春，小声说:"要是不小心让人家知道就完蛋了!"

红毛春摇头，轻轻回答:"副关长夫人母子还在睡着。"

"那，那些下人呢?"

"他们全都在楼下呢！尽管放心；来，让我爱你嘛，你乖乖的……"

担心不顺从会让红毛春觉得自己不乖巧，阿雪也就任由他为所欲为了。俩人搂着躺在长椅上。阿雪微闭着眼，沉浸在梦幻之中。她想着先前的约定，想着这次悔婚的成功，想着与腐朽落后家庭的斗争中取得了自由，获得了个人幸福。此时她甚至想写一本自传体长篇小说，让那些渴望解放的妇女看看她的榜样。

突然间门被推了一下，副关长夫人愤怒地闯了进来。这对鸳鸯慌张地分开了。副关长夫人是什么时候起来的？真是太险了，副关长夫人穿着睡袍怒视着阿雪，那样子就像一个吃醋的妻子：

"我家是妓院吗？你这样做可真是脏了我家的地！你怎么这么淫贱？赶紧离开我家，别再脏了我的眼！"

阿雪羞愤难当，快速起身跑了出去。

副关长夫人转而责问红毛春："你怎可如此放肆？你这样很混账你知道吗？你怎能这样祸害了一个良家女子？"

红毛春耸了耸肩，辩解道："我这是为了良家女子好！"

"为了她好？"

"没错！阿雪现在是我未婚妻了！昨天，文明先生逼着要我娶阿雪！反而是夫人您败坏了我俩的名声，您知道吗？"

副关长夫人整个人呆若木鸡。此时，她只穿了一件轻薄的睡衣，红毛春隐约可见她赤裸的身体。恼怒不已的红毛春受到这种景象的刺激，不由得生出来一个念头，他一把抱住这位令人敬重的节妇，要让她补偿自己受到的伤害！

在被拉到沙发上时，副关长夫人可惜自己为两位前夫守节之功毁于一旦，小声地轻呼抗议："呃！别！啊！啊！"

但此时的红毛春已经不知道何为人伦，何为道德了！他装聋作哑，一定要得到补偿才罢休。之后，副关长夫人像一个真正被侵犯的节妇一样低声呻吟："老天呀！要了命了！有人在强奸我！"

此时外边有"我不要，我不要"的声音传来，貌似是阿福吧嗒吧嗒下楼来了。副关长夫人立马就止住了呼号说："阿福是来找奶妈的，没什么大不了的！"

尔后她又继续呻吟以表达强烈的抵抗，但又怕被人打断："有人要杀了我呀！来人呀！何苦要为难我？谁来救救我！"

仿佛只有片刻的五分钟后，突然传来敲门声。两人慌忙整理衣服，互相离远些，各自坐在房间两个角落的椅子上，副关长夫人才从容吩咐："进来。"

来人是明德和明杜两位警察！他们身后站着阿福的奶妈和厨娘。一位警察忙说：

"夫人，我们是听到了您家人的呼救才进来救您的！"

"什么！谁叫人来家里的？我干吗需要有人来救我？谁这么放肆，是奶妈还是厨娘？"

厨娘白了脸，结结巴巴地说："启禀太太，是我听到阿福叫我才上楼的，然后就听见呼救声了，我实在是太害怕了。"

警察明杜解释道："我们恰好在外面，她就把我们请进来了！"

情急之下，副关长夫人说："呼救？哦！我恰好在读一段侦探故事给阿春老师听，哪有什么事儿啊？"

警察明德哈哈大笑，直率地说："那就对了！她还跟我说有人在强奸呢！"

副关长夫人痛骂仆人："你再这样搞不清状况，我真该砍了你娘的头！真是猪脑子！"

红毛春也骂道："小娘养的！放肆的玩意儿！"

众人面面相觑，不敢出声。想要打断这种沉闷的气氛，红毛春依次"介绍"两位警察给副关长夫人。

"请允许我介绍一下，这位是警察明德先生，四等警员，屡获大奖，是河内至涂山自行车赛一等奖获得者，河内至河东自行车赛二等奖获得者，是警界的未来！……而这位，警察明杜先生，曾夺得兰登杯、米莉亚杯，是河内警署的骄傲，是印度支那的希望！"

两位警员又尽职尽责地向副关长夫人"介绍"红毛春："这是阿春先生，网球教授，北圻的希望！"

想到还未介绍副关长夫人，红毛春接话说："这是副关长夫人，为两任丈夫守节的节妇，也是一位慈母，还为体育界做出了莫大贡献！"

满堂尽欢，但两位恪尽职守的警员觉得还有些问题不太清楚。一位警员说：

"确实是有人向我们呼救有人强奸！我们已经介入调查了，但却查无此事。对于国家公职人员来说，这种事开不得玩笑。我们来这里不能无功而返。"

另一位警察打断了这位急躁的同事，微笑解释道：

"夫人您应该理解这是我们的本职。我们也想'以和为贵'……

"所以，我们浪费了时间和精力来到这里，还是得开个罚单，因为人民是不可以和国家公职人员乱开玩笑的。这样吧，既然没有强奸案件，那为了让夫人您放心，惩处的罪名我们就开'纵狗上路'。"

副关长夫人也很想让事情赶快结束，于是点头说："好的，都随您。"

这场冲突的顺利解决让每一个人都觉得很完满。副关长夫人避免了背上不忠于两任丈夫的名声。红毛春则逃过了几十年的牢狱之灾。而警署的调查工作也得以顺利完成。

第十八章

一场阴谋

红毛春探访廉风署

医生的诺言

　　红毛春从球场里走了出来。再过一个星期皇帝就要来御驾北巡了。由于文明太太想一举拿下妇女杯，红毛春最近一直集中精力带她练球。这时已近 7 点，天色已暗。阿春没有接受经纪人文明先生的饭局，没错，文明先生现在就是他的经纪人了。他拒绝了他，是因为还有一件事情要考虑。

　　真教人郁闷啊！今天中午，副关长夫人用一种颇带诗意的方式向他抱怨，要他赶快挽救她这个寡妇的贞洁名誉。他们之间的秘密情缘（如果可以这么说的话），不知为何已变得流言四起，人们议论纷纷。副关长夫人凄凄惨惨地诉苦："亲爱的，你知道你把我一生的名节都毁掉了吗?"作为一个素来有良心的人,红毛春意识到他确实已经坑害了一个有德行的女人。他很后悔,但不知道如何挽救,真是隔墙有耳啊!

他两手插在裤兜,夹着网球拍慢悠悠地走着,那姿态仿佛一个哲学家。突然,他看见了算命先生。那老头佝偻着身子,肩上扛着伞,手里提着一双旧鞋,看起来就像是一个沦落风尘的人。算命先生跟他点头致意,但没敢多问他什么。红毛春想到自己的功名来源,感觉自己之所以有今天也是仰仗算命先生的,于是打算要请他大吃一顿,算是报恩。尽管在副关长夫人家赚了几块钱,算命先生的生活似乎还跟以前一样辛苦。

"您现在还没发财啊?"

"是啊,唉,别提多惨了。"

"今天碰到您,我想趁便好好招待您一顿,我还有好多话想跟您说。"

算命先生果断答应,红毛春随手叫了黄包车。半小时后,他们两人已经坐在帆行街潮州宾馆的餐桌上了。

这天晚上,潮州宾馆座无虚席,因为整个河内现在正热火朝天地准备迎接皇帝的到来。政府规划连开五天大会,其中包括一些新式的娱乐活动。人们传言这次不仅本国的皇帝要来北巡,而且邻国皇帝也会同行。而这位邻国的皇帝不是柬埔寨的也不是老挝的，却是暹罗① 国王②。由于受到德国和日本的挑唆，暹罗政府宣布出版一部新地图来重申在印度支那的领土主权，新地图将标注暹罗疆域一直延伸到横山山脉。如果要维护远东和平，那么印度支那政府必须采用巧妙的外交手段。由于越南南北三圻的报纸都刊文指责暹罗人是野蛮人，而越南人是龙子仙孙，越南是千年文献之邦，不惧暹罗，要打就打，保护领的政府也很振奋，邀请暹罗国王来印度支那旅游，尤其是来越南。这一方面是为了维持两国的交好，另一方面也是让暹罗国王认清龙子仙孙的文明，不要故作什么姿态。因此，河内这时一派繁忙的景象，接待两国皇帝的一切工作都在紧锣密鼓地组织和进行着。潮州宾馆的高楼里高朋满座，宾客主要是包工头、密探、商人、舞女、才子和体育运动员，也就是说今天来的人要么是有权力的，要么是参与筹备这次接待工作的。

在酒过三巡，吃了不少菜之后，红毛春打算把他跟副关长夫人之事，他的未来、妻儿、功名等问题拿出来咨询算命先生。他深信算命先生算得准确，早已把他视为鬼谷子再生和诸葛亮再世了。正当他准备倾吐心事时，突然听见背后某张桌上，有人提到他的名字。他立刻向算命先生

---

① 泰国旧称。1939 年改国号为"泰国"，1945 年复名"暹罗"，1949 年再度改名为"泰国"，沿用至今。

② 《红运》的故事发生在 1935 年暹罗国王拉玛七世巴差提朴（Prajadhipok）退位后，当时十岁且在瑞士求学的阿南塔·玛希敦（Ananda Mahidol）继位。然而，后文明确指出这位巡察的国王是拉玛七世（见终章）。小说对这种时代错误没有提供任何解释。

使了个眼色，示意其跟他一起偷听。

在隔壁那一桌，有两人在窃窃私语："您说他的名字是红毛春，那他长什么样？"

"明天下午我带你到网球场，介绍你认识，等皇帝北巡那天就行动……"

说到这里，二人沉默了一会儿。红毛春皱着眉头瞄算命先生，可他只顾着仰头喝酒，尽管后面点的下酒菜都还没有上。只听见那边继续在讨论："我觉得明天就狠狠地教训他！"

"不！我要让他进监狱！他让我一辈子痛苦，我是一个有学识的人，我要让他至少坐五年牢，最好十年！我有办法，您只要答应帮忙就行。"

"我保证帮您。但是您准备如何行事呢？要保证万无一失啊。"

"万无一失！我的情敌不仅要进监狱，而且连网球赛他也别想参加！一不做二不休，我做就做到底！我要印一些口号到纸上，也就是说印一些号召打倒暹罗国王的传单！等去迎接暹罗国王那天，我就站在他身后，您站他旁边。"

"具体要我干什么呢？"

"您就拿一些传单，悄悄地把它们塞进他的裤兜或衣兜里。"

"那您做什么呢？"

"我？我有别的行动。比你干的事情还要英勇。我要大声说：平民政府万岁！法国民主万岁！这样，那些宪兵、警察、密探就会过来把咱们抓住……"

"那可就完蛋了！"

"可是，只有那个兜里有传单的人才会被抓走，我们俩就做证说是他喊的，也就是说只有他一个人会被抓。"

"这太好了！但是我还不明白，为什么您觉得您一说'平民政府万岁''法国民主万岁'，那些宪兵、警察和密探就会围过来呢？"

"这个太好理解了！法国人管理咱们国家虽然是讲民主，但是我国的皇帝还是君主。暹罗的皇帝也是君主。迎接皇帝却呼喊拥护民主，那就意味着有人要打倒君主。保护领的政府对这种事非常严肃敏感。我敢说如果我们呼喊法国民主万岁的话，那些站在我们旁边的人肯定会被抓的。"

"好！好！妙计！但是，完蛋了，您到时候得小声一点才行吧。"

"您也要大声附和我才行呢。"

"好！我保证全心全意帮您，您再给我来一瓶酒！"

红毛春站了起来，他悄悄透过隔板的小洞看过去，发现那边桌上赫然坐着阿雪的未婚夫，他正在跟另外一个穿短衣短裤的人喝酒，那人的头发怪怪的，戴着一顶鸭舌帽，穿着一双中国产的鞋子。尽管那人看起来一副流氓样，但是他却是一个穿着并不入时的流氓。红毛春仔细打量了那个人之后坦然地回过身跟算命先生喝酒。

堂倌此时连续上了几道美味佳肴。算命先生一边美美地吃喝，一边感叹："我觉得你这个月的运程像是有伏兵星啊!"

"您的意思是?"

"有人恨你,正在想办法害你呢。你要格外谨慎啊!但是也没关系,会有福星保佑你,因为我还看见了天福贵人!"

说完,算命先生夹了一块煎麻雀肉到嘴里,就好像以一种很美学的方式为自己的那句话打上了一个句号。红毛春还没来得及细问这位再世的诸葛亮,突然看见门洞外面有两个人,看样子准是密探。尽管他们穿戴有型,但四条裤腿上的自行车压痕委婉地暴露了密探身份。巧的是,那两人挨着红毛春身旁的桌子坐下了。

红毛春立刻离开他原来的座位,跑到另外一边坐下。他极力想听到什么……几分钟后,他得知他们是廉风署的,因为他听到那两人小声地谈论以下事情:"今天警长先生有令了。社会的命运就掌握在咱们手里了。这件事相当机密,咱们务必严守秘密啊!"

"长官,您请指示。"

"国家政策现在很明确。从今天开始到皇帝来的那天,你要尽心打探,要跟踪那些鼓动法越和谐、提倡法越亲善以及要求直接统治的人,也就是那些带头喊'平民政府万岁''打倒法西斯'的人……还有那些倾向于效仿法式作风,也就是那些像要打人一样举起手来问候的人。"

"长官,法越和谐,法越亲善,直接统治,这些也需要盯着?"

"正是如此啊!那些人对治安才是巨大的威胁!其他

时候没关系，但是皇帝出来的时候那些要求直接统治的人就一定要提防，因为他们想颠覆天赐的皇权。"

"好，那么还有共产党呢？"

"谅他们也不敢耍手腕，因为天下尽知他们。而那帮所谓民主人士则不一样，因为政府一直对他们佯装不知，或者早已放任不管，因此现在担心他们趁机闹事儿。民主跟君主是冲突的。如果有人呼喊'打倒法西斯'就更危险了，因为这对我们的邻邦暹罗国王是大不敬。"

"那，那帮民族主义者呢？"

"那个不怕，因为民族主义跟君主主义不冲突。"

"那么就是说除了共产主义者和民族主义者，其他闹事儿的就统统给抓起来！"

"统统给抓起来！尤其是呼喊什么'法国民主万岁''平民民主万岁'这样的口号的，全部抓起来！因为这两个口号会冒犯暹罗国王。"

"那要是喊'君主万岁''暹罗国王万岁'的抓还是不抓？"

"这个，完了，这个我还没有仔细问过警长。啊，但是这个有什么好问的呢？咱们尽管抓了再说。因为君主万岁跟法国民主是冲突的，法西斯暹罗万岁对法国人民阵线政府也是危险的。"

"那么长官，或许我们应该这么做：对于那些在迎接两位皇帝时表现得呆若木鸡的人，咱们就不管，而那些高呼口号的，管他是喊法国万岁，还是皇帝万岁，咱们就有一个抓一个，抓了再说！"

"这我还不确信是否可以这么干呢。"

"反正说到底，不管哪一派的都是有罪的嘛。"

"你这句话倒是十分在理。咱们就是要这么维持治安。但是，算了，咱们别说了，或者小声点说，因为这些都是，都是政府的秘密呢，咱们得守住口风。"

这些话红毛春尽收耳底。在那边桌上，后来就只听见筷子和碗碟相互撞击的声音，那两个探子担心秘密泄露不再多言。尽管如此，红毛春也觉得自己知道得够多了。他转过身来，发现算命先生一直埋头吃喝，心思完全不在隔壁的对话上。看见桌上已经没什么菜了，他垂下手，看着老头不说话。

直到那算命先生把桌上的菜一扫而光，红毛春才站起来。但此时他对算命先生的不雅行为也并不生气，因为他想到了办法去对付情敌的阴谋。如同上流人士那样，红毛春用轻蔑的眼神示意算命先生跟他一起离开。走到结账的柜台附近，他准备付款时看见直言医生跟另外两个青年在一起。他们西装革履，大模大样的。直言医生热切地握住他的手向大家介绍：

"来，我来介绍一下，这就是阿春教练，网球运动员。这位是阿海先生，是网球才子，1936 年北坼网球赛冠军。这位是阿树先生，是 1935 年中坼和北坼两坼网球赛冠军！"

红毛春跟他们一一握手，把头低得很低说："荣幸之至。"

直言医生高兴地说："真是棋逢敌手，英雄见英雄。

迎接皇帝时你们三位必然会在赛场上相遇。"

直言医生只草草几句介绍了自己，红毛春正有些不满，这时候他恰好看见了明德和明杜两位警察来了。他们警服上没有扎皮腰带，也没有配白鞭子，看来两人今日不当值。红毛春正琢磨着如何隆重地向两位警察问好，那两位已经停在台阶上，举起手来向他行军礼致意，同时说道："Bông zua me sừ Xuân（早上好啊，阿春先生）！您是网球大才！是印度支那的希望！"

红毛春微笑着跟他们握手，向众人一一介绍："各位先生，请允许我介绍一下，这位是警察明德先生，四等警员，屡获大奖，是河内至涂山自行车赛一等奖获得者，河内至河东自行车赛二等奖获得者，是警界的未来！……这位，警察明杜先生，曾夺得兰登杯、米莉亚杯，是河内警署的骄傲，是印度支那的希望！"

人们一一相互握手。两位警察听完红毛春的介绍，又立正给他敬了个军礼，郑重告别后才进屋入座。

两位 1935 年、1936 年的北圻网球冠军看到红毛春这么出名，连两位警察都对他如此熟悉，忧心忡忡。不知不觉间，二人脸上流露出担忧的神色。

此刻，红毛春非常得意。他想到了一个好计谋，于是跟两位冠军先生约时间私谈。有幸受到红毛春的邀请，两位立刻答应了。最后，红毛春向众人致歉，希望跟直言医生借一步说话。二人来到一旁，他哭丧着脸说："直言医生，您才高八斗、学识渊博，请您帮忙拯救一个痛苦的人……也许她已经痛苦到失去了德行……"

直言医生立刻说道："我的科学知识只能医治身体上的痛苦。而精神上的痛苦，我无能为力呀。"

红毛春却不依不饶地说："请您医治一个寡妇的贞洁！要不然，会被天下人耻笑啊。"

听到这句话怪怪的，医生轻声追问实情，红毛春便毫不隐瞒地把他跟副关长夫人的"秘密情缘"一事说了出来。听完他的话，直言医生觉得红毛春把自己视为知己了，想了好一会儿，才谨慎地向他许诺一定帮忙治好。

"好的，朋友。我会以科学之道，用精神药物来尽力治疗肉体上的痛苦。"

告别了他们三个人，红毛春高兴地去柜台结账。这时算命先生已经不知去向。

第十九章

御驾北巡和东巡

山呼万岁之罪

治疗风情的解药

　　那天下午两点，在从车站到总督府的路上，河内和北圻的民众把两旁的人行道堵得水泄不通。这也是惯例了，每当有重要的欢迎仪式，总有这般场景出现，古今皆如此；而道路上也总有威严的士兵们整齐地站岗。

　　这次果然如人们传言的那样，暹罗国王也御驾来到越南。自从得知有幸见到邻国皇帝以后，人们就在打探这件事儿了。报纸上刊登了暹罗皇帝的照片，看样子还很年轻。在当地所有日报的头版都刊登了七个专栏的大标题，宣布了这一事件："越南正处于回春的时期""历史的转折点：越一暹友好""御驾北巡和东巡"（北巡是指皇帝从中圻北上河内；东巡则是指暹罗国王从西边的暹罗来到东土越南）。有文章还热情地写道："两帝相会在一国！"

有一件事值得注意，那就是无论哪份报纸都称暹罗国王访问越南是一个"转折点"。一些保皇报则登载如下言论："越南民众的无上荣幸：值此之际，暹罗国王亲自到此与我们同乐！暹越两国从此携手于进步之路上！"

只有一份报纸表示反对，在头版刊登了这样的内容："宣传好的，藏起坏的，别让人轻视！"

于是人们都衣着光鲜地前去接驾，就连男人也有许多搽粉、涂唇的。

欧化服装店趁此机会特别为女士们推出了一套名为"迎驾"的服装。那天下午，阿雪和文明太太也穿了这套最时髦的衣服现身于河内的上流人士面前。

红毛春和两位网球运动员阿海先生、阿树先生正站在草行街的一角。自从偷听到情敌的阴谋诡计以及两个密探泄露的口风，他便心生一计，不仅要让他的情敌败北，而且要借此为自己谋利。他鼓动这两位分别为 1935 年、1936 年的网球冠军和他穿同样款式的衣服，他们三人都穿白裤、白鞋、短袖衬衫，头戴白色鸭舌帽。这么做是红毛春的计划的一部分。他内心非常害怕在球场上输给他们两位。

而阿海先生和阿树先生呢，觉得穿什么都无关紧要，就马上答应了下来。

况且，红毛春说了："只有我们三个这样罢了，我们三个要穿得与别人不一样！必须表明自己是运动员，可别像一伙涂脂抹粉的花花公子似的！"他这么说，那两个愚蠢的冠军怎能不中圈套！他们哪知道红毛春这么做的目的是欺骗他的情敌，并借情敌的阴谋行动来陷害自己！

皇帝来了，第二天的接驾行程中，必定会安排运动会，而红毛春的球技比起两位前任冠军，显然是格格不入的。不过，正所谓"才字与灾字同韵"①啊，两位前任冠军很快要倒霉了。

皇帝的御驾久久不至。人们等得很心焦了。阿海先生和阿树先生还笔挺地束手站立着，好像为了让身体上的肌肉线条更加瞩目。他们两人直视前方，如同正人君子般"目不斜视"，因为对面的人行道上站着几个漂亮姑娘。

红毛春挤入两人之间，把手伸进两人身后的裤兜里，表现亲密地假借两人的手绢。之后他用一种无辜的口吻问道："怎样？我们高呼吧？一起喊'圣宫万岁'行吗？"

两位冠军低声笑笑，并不回答。红毛春频频看向身后。当他看到他情敌的狗腿子时（发髻外面是一顶鸭舌帽，脚穿一双中国式的鞋子），故作安静地束手站着。这时，那人果然偷偷地把什么东西塞进了他的口袋，他假装毫不知情，显得很配合。那人完成见不得人的勾当后，急忙跑开，红毛春淡定地把手伸向身后，把纸条从裤兜里掏出来，都没有多看一眼，就分成两份塞进身旁两位前任冠军的裤兜，假装是还手绢给两人。而两位运动员的心思停留在对面人行道上那些娇艳似花的美人身上，对红毛春的小动作丝毫没有起疑心。

---

① 这里转用了《金云翘传》结尾关于才与灾的诗句。

红毛春又偷眼在周边的人群中寻找阿雪未婚夫的身影。找了很久他才看到，那人今天居然穿着西装，戴着墨镜！很明显这家伙是打定主意要搞阴谋的。他就站在离红毛春大概隔着五个人的位置处。

　　人们的议论声、欢呼声从远处涌来。皇帝的御驾马上就要到了。人们已经听到骑兵的铁马掌发出的声音。

　　红毛春偷眼看向两旁，只见为情所伤的那位情敌与着装落伍的流氓就站在自己的两边，只离着几人的距离，他们时刻准备动手实施阴谋活动。红毛春又问两位冠军："咱们是喊'圣宫万岁'还是'万寿无疆'？"

　　对这陈腐的意见，阿海和阿树高扬着脸轻鄙地说："Toa（你）跟着moa（我们）做就行了！"

　　两位皇帝的御驾只差几米就到跟前了。这时人们嚷嚷着互相推搡，争先恐后、快得像是水鸥逃窜般地向前跑去，红毛春则趁机倒退，疾步走向与御驾相反的方向。

　　走到离众人二十来米的地方他才放心地停下脚步回头看。突然他听到冠军阿海用法语大声喊道："法国万岁！"

　　接着又听到几个声音跟着用法语呼喊道："平民民主万岁！法兰西共和国万岁！"

　　站在人行道上的众人都清晰地看到总督、统使官、越南皇帝、暹罗国王都面露惊异之色。全体车驾驶离后，士兵们仍严把秩序，公众仍未被放行。这时有一队警卫、特务和宪兵跑到呼喊声发出的地方，把站在那里的人团团围住。根据常规，他们搜查了被包围之人的口袋、包裹，查看是否有人在身上藏了炸弹、枪支等危险物品。当发现两位前任冠军的裤兜里有反对暹罗帝国的印刷传单时，特务把他们请上了一辆专车，并带回了特务厅。

当天，有关这一事件的可靠消息很少，因为印度支那首府所有报纸都在早上出报完毕，所以没有报社报道此事。傍晚河内民众议论纷纷，都在说政府刚刚抓到两个属于"白短袖衬衫党"的极端危险分子，但大家都不清楚抓到的是什么人，甚至连体育总局也不知道是那两个网球冠军，原本是安排他们两人第二天一早在两国皇帝面前露一手的。

趁着人群散去的混乱之际，红毛春回了家。半路上遇到了阿雪和文明夫妇，他立马向他们打包票，第二天的印度支那网球冠军他是拿定了。但是文明先生完全以一种经纪人的方式提醒他小心："喂，暹罗国王也是一个体育迷，他也带了一个网球冠军到此。法越赛事之后，暹罗的冠军肯定也想在法越公众面前露一手！如果你有把握能赢法越锦标赛，那就应该安排一场与暹罗冠军的比赛才行。要是你连暹罗冠军也赢了，那才真的是为北圻地区、为越南、为整个印度支那争光！"

红毛春咂咂嘴，坦然地说："那还得看运气。"

他们几个人正走着，突然看到直言医生急匆匆地跑来。大家有点担忧，以为有什么灾变发生。但他只是说："夫人传话来，为了庆祝阿福少爷的打喷嚏病痊愈，请各位相熟的兄弟姐妹今天到她家用晚饭。我特来此邀约各位兄弟姐妹同去。"

阿雪立刻回答："谁想去谁去，我反正不去！"

直言医生连忙问道："为什么？是不是有什么事情？"

红毛春连忙握住医生的手，小声地说："不要再问了！阿雪是我的未婚妻。"

直言医生先是一愣，然后夸赞红毛春："你太有福气了。祝贺你！"

之后，大家握手分别，约好下午再见。

有一件事情着实奇怪，那天，副关长夫人既没去迎接皇帝，也没去看热闹。红毛春感到很纳闷。他回到家，向阿福问好之后，阿福只是颇为明智地回答了一句："不行！不行！"红毛春为自己学生的心智水平提高而感到安心，转而又向其母问好。副关长夫人只是掩面哭泣，并不回答他，红毛春跺脚呵斥道："哎呦！差不多得啦！您这么撒娇谁受得了。被迫做你的情夫已经够难了，要是娶了你，还不知道会怎样?!"

副关长夫人连忙辩解说自己的撒娇方式是从《鹦鹉周报》的两篇文章上学来的，又说："亲爱的，你看看这些，我是从这两篇该死的短篇小说上看到的！我只想控告那个不要脸的浑蛋。"

红毛春扫了一眼，一篇文章的题目为《房东太太》，另一篇题目为《快递员的命案》。小说是从莫泊桑的《房东太太》和《大叔的罪行》中翻译过来的。

红毛春厌烦地把《鹦鹉周报》丢在桌子上，他的情人又说："哎呀，怎么不读？他们这明显是用小说来笑话我们啊！"

"行了，别胡扯了！他们是从法语翻译过来的，我不想看!"

副关长夫人睁大双眼，愉快地说："是吗！为什么他们写的就像是你我的故事？太难为情了，你不要捉弄我了！"

红毛春不得不坐到椅子上，慢慢读起那两篇被认为是讲他坏话的小说。不过，在他看来，事情并不像副关长夫人说的那样："上报纸的人基本都是被人家说坏话的。你别担心，在这世上，越是有名的人越被人家说闲话，只有那些人们不愿意理睬的人才能在黑暗的角落里安身。"

此话听上去有理，副关长夫人这才放下心来，赏了红毛春几个吻，说道："亲爱的，你说的太在理了！你真是太聪明了！"

为讨好这个年老色衰的女人，红毛春已经深感疲惫了，他哭丧着推开她那张搽满粉的脸喊道："别恶心了！"

这一态度使得这位守节的寡妇立马大发雷霆！确实！自尊心被伤害的时候，谁都得生气！副关长夫人声音低沉地说：

"啊！你这个浑蛋！楚卿①之流！薄情郎！毁了人家的一生现在想翻脸不认人啦！哼，没那么容易，我告诉你！你也不看看你自己！"

红毛春迅速站起来，厌倦地挥挥手："得，算我求你了夫人！你真太善良了！你的心肠太好了！我毁了你的一生啊？那也有可能！但是禀告太太，我已经找到救治的方

---

① 《金云翘传》里的薄情郎。

法了。我为你请好了一个认真的大夫，而不是一群庸医！"

"完蛋了！"

"我说的是真的！今晚会有一个大夫来治疗你的贞洁！"

副关长夫人担心极了，失声喊道："我不知道！不管！我没有什么需要治疗的！"

红毛春说："你以为这是在说孩子话吗？我和你，真是个笑话！既然你已经定了我的罪，说我毁了你一生的名节！那至少你也得给我一个挽救的机会！"

"我不管！我不想废话！"

红毛春把手举过头，极其郑重地说："假如我开玩笑的话，我全家将被天诛地灭！我向你保证直言医生会来为你治病。而且他现在就到了！"

副关长夫人叫道："天哪！直言医生！那么我死定了！我必死无疑！"

然而，门外已经响起了刺耳的汽车喇叭声，她立即停止了耍性子，也不再跺脚了。她连忙看了看手表，原来已经7点了，客人们已经来参加庆祝阿福少爷的康复的聚会了。她不高兴地扭身摇头，但不再吵闹。

这次聚会，除了阿雪没到，其他一些经常和副关长夫人打交道，或来往于欧化服装店的正统上流人士和平民都到了。

阿福少爷坐在餐桌的正席上，这是理所当然的。

客人们亲密地交谈着，融洽地用着餐。一个小时后，直言医生突然站起来说：

"尊敬的各位女士、小姐，各位先生。趁今天各位亲密愉快地相聚之际，我想就人们还没有形成正确观念的一个社会伦理问题进行演说。在面向公众发表之前，我想先在此演说试试，各位觉得可以吗？"

两三个人鼓掌欢呼：

"棒极了！直言万岁！"

红毛春喊道：

"Líp líp lo′（自由万岁）！"

但有一人问道："且慢！那么医生您想讲什么主题呢？"

"是有关青春已逝的妇女的问题！四十岁以上的妇女为什么那么渴望爱情？社会应不应该取笑这些人？这是一件大家都需要了解的事情！"

直言医生语毕，一阵掌声响起。副关长夫人的一些好友马上断定医生是要讥讽她。因此她越发紧张，脸上血色全无。

直言大夫站起来，照着一张纸读起来：

"各位尊敬的听众，今天晚上，我想就我的理解谈谈'爱情之秋'，换句话就是说，上了年纪的人是否应该拥有爱情欲望。在这个问题上，古往今来，我们的社会都存在着一些狭隘的成见，那是因为科学的阳光还未照射到这件事情上。比如我们看到一个五十岁的老男人还买小妾、娶小老婆，我们定会不看好，会取笑他是'老牛吃嫩草'（鼓掌）。而如果是一个五十岁的妇女堕入爱情则更加会备受侮辱。人们会毫无顾忌地用恶毒的语言去咒骂和耻笑。

事实上，这样的攻击是否正当？难道上了年纪的人就无权拥有情欲了吗？世人就可以阻挠他们？不！不！情欲是属于造物主赐予的，而并非属于我们凡人的意志（鼓掌）。

"人的一生中，有两个情欲危机时期，那就是青春期和将老之时。这是上天的安排，很少有人能回避这两个时期的问题！青春期对青少年有多危险，那么爱情之秋对'安分守己'的将老之人就有多危险。上了年纪的男人娶小老婆（鼓掌），会被人耻笑。有些上了年纪的妇女们也会陷入意外的情缘或艳遇中（鼓掌）。今天，本人主要不是列举这些不好的现象，而是想解释为什么会有这些现象。

"说到青春已逝的妇女的情欲危机（副关长夫人打了个喷嚏），瓦切特医生已经有了许多丰富的经验：风化、衰颓、发痒、风骚、老牛吃嫩草、三十如狼四十如虎，等等，这些都可以用科学来解释。瓦切特医生说过：在性危机期间，妇女往往表现出奇怪而难料的症状。由于受到月经紊乱的影响，妇女要承受来自心理和身体上的灾变，进而可能引发复杂而棘手的性欲。不幸的是，对于容易激动的女性来说，这些变化往往发生在她们的丈夫年老和性无能之后。也就是说她们的丈夫已经阳痿，她们应该怎么办？她们想要一个年轻的情人热烈地爱上自己，但却难以实现，因为她们已经年老色衰，脸上布满了皱纹（鼓掌）。而且，很少有女性敢于漠视传统和舆论，放弃一生的名节。然而，情欲依然会困扰她们，令她们脸红、心跳加速……

"正因如此，唉！有许多妇女虽然竭力克制自己，但依然不明白自己的性情已经大变，变得易怒、易暴躁、厌世，或因为一件很久以前的事情而迁怒于丈夫，或突然加入某种神秘的宗教，信奉乱七八糟的巫师，大搞迷信活动……

"假如丈夫仍然健壮，那么他们的妻子就滋润了。唉……很多时候男人们已经精力不足了，况且他还得为了家庭的温饱问题而辛苦操劳（鼓掌）。有的妇女丧偶，她们中的多数人又会被另一种恐慌支配，那就是守寡（鼓掌）。当丧偶的妇女不打算再嫁，或者还没走到再嫁这一步时，自然而然地，她们只好找情人来安慰了。我这里有很多说起来好笑的故事。不过，重要的是，大家请记住这些是一般人很难避免的，不过，这只是生理原因，而且，幸运的是，它持续的时间不会太长。这些现象是由于在生殖器官中，卵巢缺血，子宫绝经，使得这段时期生理紊乱，越南妇女称之为'绝欲'，过一段时间之后，其他器官将为卵巢提供必要的液体，妇女们不必恐慌，到那时你们又会像从前一样拥有强大的灵魂的！"

人们都鼓掌喝彩。

只有副关长夫人因为听得太入神，直到直言医生演讲完毕已经坐下后，她才回过神来。这番演讲，既不是红毛春恐吓她的那种治疗，也没有损害到她的寡妇名节，就算是从前隔墙有耳所传的风言风语，她也不必担心了，因为她卖弄风情的做法其实都是根据圣贤书上的道理来做的。现在，她的行为又有了科学依据，怎不令她暗自开怀。

第二十章

红毛春救国
伟人红毛春
没被"打脸的岳父"^①的烦恼

　　尽管最次等的门票也要三块钱,但那天上午的观众依然有三千多人。河内罗德兰德·瓦尔罗网球场的这一天真可谓体育史上的转折点。人们传言很多球迷因为到晚了,没能买上票,郁闷地采用了一种很体育的方式死去——缓缓地吞食生鸦片,实行慢性自杀。

　　鸿老爷、文明先生、副关长夫人和 WAFN 先生等人都灰心丧气,因为文明太太在本地妇女网球赛中惨败了。阿雪极力劝慰父亲不必太烦忧,说家庭的名誉还可以挽救,大家还可以寄希望于红毛春。当时,在网球场上只有

---

① "打脸的岳父"为越南俗语,大约是女儿被认为品行不好,被婆家像退货一样退回娘家。

两个法国女子在争夺法国妇女冠军，所以站在那里观赛的欧化时装店的人热情也不高。

在看台上，坐着三方政府的文武高级官员，大家能清清楚楚地看到从左到右分别是法国全权代表官员、统使官、越南皇帝、暹罗国王拉玛七世巴差提朴。暹罗国王虽然身穿西服，却戴着一顶金银珠宝制成的传统王冠，那王冠看起来就像一座高塔，它分为九层，越往上越细，这是那个万象之国的一种象征。在国王身后站着一个德国侍从官和一个日本侍从官，象征着暹罗在独立的道路上取得了巨大进步。才子銮·帕巴鸿（即暹罗网球冠军）坐在国王后面，表明万象之国的青年队也随时准备为体育事业出力。不过，在此重要时刻，北圻体育总局几个官员却是又气又急，因为决赛马上开始了，但前任冠军阿海和阿树却没有现身体育场。

现在可怎么办呢？

体育总局派人四处仔细搜寻两位消失的冠军，但毫无所获。而且两人的家属都说前一天晚上就不知道他们去了哪里。体育圈乱作一团，大家感到诧异、担忧又惶恐。没人知道，此时那两位前任冠军正躺在警察局拘留所那爬满臭虫的格木地板上。特务局也没人知道他们的真实身份，因为许多工作人员都分散到街上护驾了，没有人也没有时间查验被抓的两人的身份，对他们进行审问。体育总局最后得出结论，认为他们上当了，这是一场恶作剧、一场策反，是一把揭总局短的斧头，从古至今一些有名气的体育运动员就有这习惯和通病。最终，体育总局只好通过邀请暹罗网球冠军和红毛春进行比试的办法，在公众面前挽救失约之过。

比赛刚一通过喇叭宣布，民众们就立即鼓掌欢迎。虽然大家都很熟悉阿海、阿树和红毛春的球技，但暹罗冠军銮·帕巴鸿对大家而言是陌生的。法国和越南的观众感到很满意，因为体育总局并未推选阿海和阿树上场，而是指定由红毛春这个从未夺得过冠军的人来比赛，这可真是一种含蓄的骄傲啊。

当体育总局管理处宣布，红毛春将作为河内的代表与暹罗冠军为全国的荣誉而战时，可以想象，红毛春的经纪人文明先生那时有多高兴多得意。

人们不停地鼓掌，为红毛春鼓掌加油。而在看台上，那位在万象之国拥有天赐皇权的暹罗国王，已经龙颜大怒。对他而言真是晴天霹雳啊！因为那位来自曼谷的选手很明显是节节败退。第一局，河内的红毛春以6比1取胜。越南皇帝、法国总督和统使官都焦虑不安，因为如果越南此时在体育方面取胜，那么，在外交方面将有可能产生许多麻烦和不便。天哪！这世间万物都有天然的、理所当然的利害关系！第二局，观众看到阿春有点懈怠，就像让着对手似的。经纪人文明先生感到非常担忧，第二局结果显示是5比7。然而一些深谙体育之道的网球迷立马就明白了，红毛春是想要积蓄体力。

第三局的前几分钟，可以看出双方都尽力了。虽然銮·帕巴鸿已经倾尽其才，但仍不敌红毛春。到裁判员宣布15比30的时候，暹罗国王看到自己的选手已经注定要输了，马上伸手从衣服口袋里拿出一张暹罗政府绘制的印度支那地图来，那是一张古暹罗地图，其边界延伸到越南的横山①。他把玩着地图，不再观看比赛。德国和日本侍从官倚靠在一起，窃窃私语地上奏道："La guerre（战争）！La guerre（战争）！"

在球场上，法国和越南的观众那么天真，无忧无虑，热火朝天地鼓着掌，为红毛春欢呼。裁判员不停地用法语喊道：

"40！40平！发球！得分者发球！"

观众的激动情绪难以描绘。

不过，那些老百姓不知道此时的越南皇帝、总督和统使官互相之间交换了一个眼神。接着，印度支那政府官员在听从了总督的号令之后，离开了看台，跑下球场寻找红毛春的经纪人。当文明先生听到一位政府高官请自己到一处僻静的地方时，他非常感动。但接着，高官对他说的话却令他大为吃惊。那位官员只是匆忙对他耳语了事情的大概：

"保护领政府和帝国政府推选本官来拜托先生一件密切关乎国家命运的大事。换句话说，就是本官要求您告诉您的选手必须做出让步，必须马上输给暹罗的冠军！虽然你们将失去比赛获胜的荣誉，但是会得到政府另外的丰厚补偿！"

文明站在那里，吃惊地张大了嘴巴，那位高官还接着

---

① 横山是分隔越南北部和中部的山脉。

说道：

"您先听我的没错！这件事非常紧急，时间也非常紧迫！如果安南在网球上赢了暹罗，必定会有战争发生！法国政府主张和平，各位必须照办，否则百姓良民们将会遭受骨堆如山、血流成河的灾难！好了，回头我再跟您详细解释。"

在民众们喧闹的欢天呼地的间隙，在裁判员大喊 40 比 40 平时，趁着红毛春转身面对捡球童时，经纪人文明先生连忙悄声对他说："你输掉吧！让步吧！赢就死了！战争！"

民众们正对 7 比 7，7 比 8 的分数抱着悬念，依然对河内充满希望时，没想到，红毛春打向对方的最后一球，像对着天上的空气开了一枪，然后落到了围栏中！7 比 9！这个惨烈的结果使得上千人失望地大声叫嚷起来。但是，一阵《马赛进行曲》响起，祝贺暹罗冠军赢得了这场愉快的比赛。三方政府的皇帝和高官们陆续起身返回了总督府。

当所有插着旗子的汽车有序地离开之后，民众们仍然站着，密密麻麻的，一群人和红毛春分担忧愁，一群人责怪他。还有一群人大呼"打倒红毛春"。

鸿老爷、阿雪、副关长夫人、文明太太此时都失望极了。一些摄影师围着红毛春照相。各家报社的记者聚在一起质问红毛春，因为大家都对最后一球感到非常的怀疑。那个球是故意让步的吗？为什么才子阿春、网球教授，会丢人现眼到如此地步？这不是国耻吗？

这儿，那儿，到处听到一阵阵呼声响起："国耻！滚回牛棚！滚回牛棚！"

有几个法国人也用法语大声喊道：

"打倒阿春！打倒阿春！给我们一个解释！"

看到情势如此危险，经纪人文明先生便和红毛春一起爬上副关长夫人的车顶，红毛春等着倾听自己的经纪人在几千愤怒的民众面前演说。文明先生此时正沉迷于自己所做的那件大事中，于是便先开口说道：

"阿春输了并非是没有才能！相信全天下的人已经看得清清楚楚。因此请大家冷静下来，听我解释为何我的人必须输。"说完，更觉得自己和红毛春很了不起。接着，红毛春在民众面前用伟人般高傲的腔调发表了这番演说：

"民众们！我是迫不得已把奖项让给暹罗冠军的！你们根本没搞清楚情况，你们真的不明白我这颗无比高尚的牺牲之心（他拍拍胸脯），它使得我放弃个人的名誉，为祖国安宁与和平的进步事业尽力！在这样的危急时刻，舍身救国是最主要的，我不能只想到自己，换句话说，我没有赢得这场比赛的胜利，主要是为了睦邻友好（他在空气中挥下拳头）。

"多少年来，法国政府以及全体法国国民，一直主张并努力维护世界和平！如果无意间引发不和，发生了越暹冲突，那可能会导致世界战争的灾难！因此今天，我们并不是在比赛中争个输赢，我们只效劳于政府的外交事业罢了！我们（他把手举高）不想让千千万万的生命被枪炮贩子所骗，成为战争的牺牲品（他把手放了下来）。

"民众们！你们根本不懂我，你们埋怨我！但我仍然爱你们！算了，解散吧，继续在和平与安宁之中安居乐业吧！我不敢自诩是救国英雄，但是我让你们避免了战争的灾难！和平万岁！国联万岁！"

红毛春这个曾经鼓吹和售卖性病药的人，曾经在剧院跑堂的家伙，由于得到了文明先生的帮衬，此时像老练的法国政治家一般用自然流畅而雄辩的语言征服听众。他对那上千人使用了带有贬义的称呼，但他们不仅毫不气恼，反而非常佩服，称道红毛春的勇气，佩服他的演讲。因此红毛春的演说刚结束，人们的鼓掌之声如阵雨般响起！摄影师大军一次又一次冲向他的身旁。热情的人们高声欢呼：

"红毛春万岁！伟大的失败万岁！"

红毛春像一个谦逊的伟人般挥手向人们问好，跳到地上，钻进汽车。汽车缓缓驶离会场，留下几千感动不已的群众。

鸿老爷回到家中，看到夫人正坐着嚼槟榔，感觉她好似一个傻子，不知道社会上刚刚发生了一件值得载入史册的事情，他忘了咳嗽，气势汹汹地质问迂腐的老太太："你知道了没？你知道我的小女婿吗？我现在只担心一件事，之前小雪到底有没有跟他搞上？"

鸿老太太仍然天真地像与世隔绝的人般问道："你的儿媳妇是输是赢？小女婿是输是赢？"

鸿老爷撇撇嘴说道："都输了！但是输有不同的输法！他虽输尤胜！输得光荣！老太婆，请你施恩再骂骂我吧！

你的小女婿，你了解吗，现在俨然是一个伟人，一个救国英雄！"

鸿老太太没再问什么。其他人也都陆续回家了。阿雪开始用一双轻鄙的眼睛看着众人。副关长夫人扭捏作态，仿佛她是一个刚长大的少女。WAFN 先生马上坐下来，低三下四地为红毛春换鞋。阿福少爷也不再说"不行"了。直言医生立刻起身祝贺鸿老爷："启禀老爷，我郑重地祝贺这对鸳鸯。"

经纪人文明马上回应道："嗯，这件事已经商定了很久了。"

而鸿老爷，他一屁股躺到床榻上，喊仆人来伺候他抽鸦片。此时他心潮澎湃，仿佛非常喜欢体育，突然他想到那句"打脸的岳父"的古语，这句话的含义和起源很多人都不太清楚。以他现在的地位，鸿老爷一直想装得桀骜不驯，以免人家认为他落伍了。但是想桀骜不驯自然得先挨揍。谁能揍他呢？他怅然自问："对了，现在谁敢揍我呢？"他自问三个问题。他告诉自己，这是由时间和将来才能解决得了的问题啊，他闭上双眼，努力忘记自己的挫折。

但很快，他又睁大了双眼，此时，他听到门外有汽车停下的声音，之后响起了咯噔咯噔的脚步声。大家抬眼看过去，又再次慌张起来，因为走进来的是一个穿着威仪礼服的法国人，军人样貌，手上佩戴着臂章，金丝腰带上佩着剑。那个法国人，像个法越混血儿般说着越南语，先是礼貌地问好，之后说道："尊敬的各位女士，各位先生，本官想和网球才子阿春及经纪人谈谈。"

文明先生跑出来跪拜，且示意让红毛春站起来。那位法国官员不紧不慢地说道："禀告两位先生，本官是总督大人的侍从官，应他之命到贵府通知两位，因为你们高贵的牺牲精神，输给了暹罗的冠军，因此政府特别奖励两位两枚五等北斗勋章！"

鸿老爷迅速爬起身来，郑重使唤家人："来人哪！布置香案！"

那位高官摆手阻止："抱歉！虽然政府已经做出这个决定了，但还未来得及起草文书，所以暂时还不需要香案。还请两位再等待两日。本官要传达另外的口谕给两位，那就是政府的奖赏不仅仅止于此。顺化朝廷和曼谷朝廷还有美意想奖励给二位及家人两枚勋章。其中一枚是龙形勋章，另一枚是暹罗守节封赐勋章。还有，印度支那总督有意邀请两位今晚共进晚餐，他说如果能与二位亲切交谈，将感到无比荣幸。"

红毛春把头俯得很低："我很荣幸。"

文明先生俯首说道："启禀大人，我们两人对政府感恩戴德！"

侍从官又叮嘱："那么晚上还请两位与总督共进晚餐，以便领取北斗佩星勋章，并为家人领取奖章。两位马上安排一下以便法国政府回复帝国朝廷和暹罗朝廷。本官祝贺两位，同时恳请告退回帅府。"

文明先生和红毛春把那位高官送到停车处。当那插有三色旗的气派轿车离开之后，他们开心得无以言表，转身回到房中。鸿老爷站起身来，摇摇晃晃地站在榻上，宣布："各位女士，各位先生，今天我特别高兴，我在此郑重告知大家一件事：我们夫妇已经决定把小女儿阿雪许配给阿春先生了！"

除了副关长夫人，大家都纷纷鼓掌。文明先生握住鸿老爷的手，亲切地说："Toa（您）太好了。等今天晚上，和总督吃饭时，moa（我）将请求政府把龙形勋章颁发给 toa（您）。"

鸿老爷攀住儿子的脖子亲了他一口，然后回答道："无限感激！特别荣幸！Toa（你）待 moa（我）的态度真是太难能可贵了。"

看到副关长夫人阴沉着脸好似一个被抛弃的守节寡妇似的，红毛春也对所有人说道："还有我的这位女性朋友，她是一个很有德行的人，而且她建设家庭网球场，对提倡体育运动有功，特别是她和我们有深厚的感情，更难能可贵的是她一直为两位故去的丈夫默默守节，所以我请求暹罗政府把暹罗守节封赐勋章颁发给她。"

说完他问自己的岳父："岳父，您觉得如何？"

鸿老爷和其他人都鼓掌喊道："太好了！太得当了！"

副关长夫人感动到脸都红了，好像害羞似的。她只想跳过去亲吻这可爱的秘密情人一口，但是由于刚被赐封，所以不敢，而且从此她应该为妇女朋友们树立良好的榜样。

阿雪不得已只能坐到一块屏风后面，以显示未嫁女子的羞涩。鸿老爷示意鸿老太太坐到自己的脚边。她低着头，为自己曾经斥责儿子、批评女儿，以及鄙视红毛春等滔天大罪而感到悔恨。鸿老爷躺了下来，第九十六次拿起鸦片烟袋，同时想着如何才能实现被"打脸"的愿望。

屋子里的人还没来得及庆贺，一大堆人又拥进来，个个都喜形于色。来的人有明德和明杜两位警察，维克多·班先生，增福和尚，算命先生，秀新少爷，长角的通判先生，WAFN 先生的夫人。人们轮番献上激情四射的贺词：

"我谨代表宾馆的各位老板来此祝贺……"

"我们代表警界来此祝贺……"

"贫僧以佛祖的名义到此施以福寿给……"

"我们擅自代表妇女姐妹……"

只有通判先生的祝福独具特色，且一下子就听进了红毛春的耳朵："我谨代表长角的丈夫，预祝您有一个贞洁的妻子。"

祝颂虽然听着很悦耳，但是拍马屁太过明显，所以听多了也烦。以至于鸿老爷虽然仍自顾自地躺着，耳朵也都快被祝福声震聋了，烦躁不安。如果谁能揍他一下，那么他将会多么的舒爽啊！鸿老爷到此时还没能体会挨揍之后的桀骜不驯，所以感到生气极了。

天哪，此时来了一位贵客！这位先生穿着国服，胸前佩满了金质勋章。这位陌生来客是谁呢？

他一走进来就马上进行了自我介绍："各位女士，各位先生，您们好。我是开智进德会①的成员，到此是希望能够拜见社会的伟人，阿春才子……"

红毛春一脸难受，站起来："我在这儿，您想说什么？"

那人两手合拢，作揖问好："拜禀大人！"

红毛春不紧不慢地说："不敢当！那么您要问什么？"

"禀告大人，本会祝贺大人刚刚获得政府颁发的北斗佩星勋章。这真是上流知识分子的荣耀。启禀大人，我受本会派遣来请您入会，这乃是一件为国民开智进德的好事，您当之无愧属于贵族。"

红毛春暴喝道："我不是贵族！我只是平民百姓罢了！"

那人仍然低三下四："禀告大人，虽然本会向来只接受贵族入会，但是我们的宗旨仍然是倾向于平民的。譬如，多年来我们一直打平民玩儿的纸牌，这就是可靠的证据啊。"

听到这种毫无根据的谎言，红毛春忍无可忍地反驳道："这他妈是什么道理？"

那人又温和道："非常感谢大人。请大人容我告知，我还是一个字典编辑部的编辑。大家都说本会欢迎讲平民语言，也就是'他妈的'这种话。因此除了请大人入会以外，我还得对大人进行访谈，请大人允许把这样的话收录进我们正在编撰的字典里。"

---

① 越南语为 Hội Khai trí Tiến đức，是一个以促进越南传统学术和西学间的文化交流为宗旨的民间团体，由越南上层知识分子发起，成立于 1919 年。

红毛春只得点头同意："行吧，为了让你高兴，我入会。"

"非常感谢大人，对于越南上流知识分子来说，这真是一件无比荣幸的事。拜禀大人，我告退了。"

作揖拜别红毛春，那人在离开之前，傲慢地轻轻歪了下头以示同其他人告别。

此时轮到了算命先生。他气愤极了，因为等了好久，一直没有机会发言。现在他坐得离鸿老爷很近。他抓耳挠腮，吞吞吐吐地说道："启禀老爷，我谨代表提倡算命理论的儒家祝贺您添福、添寿，祝新娘、新郎白头偕老。我精通算命。就像我们阿春先生的运势，很久以前我就算准了的未来。他才高八斗、志向高远，如今真是名扬四海了。"

鸿老爷轻声呵斥道："老套！不用你来做马后炮！"

看见算命先生还很穷，红毛春动了恻隐之心，帮忙打圆场道："岳父大人，是真的。算命先生算得可准了。"

但是鸿老爷难道还需要倚仗什么算命先生吗？他感到开心舒适就行了不是吗？而且他正为没人打脸而发脾气。

"禀告大人，您女婿，我们阿春先生的命运真是英雄命、伟人命。科权禄宫，皇帝识其相，帝王知其名。而且妻子也美，未来儿女也好……我们阿春先生也如……"

听到不识相的算命先生依然喋喋不休地说着，鸿老爷气得只想打他的脸，不过，他到底没打，只是又闭上了双眼，大声咳着嗽，抱着胸，无精打采地呻吟："知道了！真烦，说个没完！！！"

译后记

一

越南与中国山水相连，文化相近，在漫长的历史发展过程中，它与日本、韩国一直是汉语文化圈内国家，古典小说艺术与中国非常类似，基本长期受到"史传"和"诗骚"两个传统的影响。如果说中国古典小说有文言和白话两条道路，越南则有汉文和喃文两水分流。汉文小说方面有在《三国演义》影响下的《皇黎一统志》等历史小说系列，《剪灯新话》影响下的《传奇漫录》等传奇小说系列，《搜神记》影响下的《岭南摭怪》等神话小说系列。而中国才子佳人小说也被越南吸收和模仿，但主要是被改编成喃文长篇诗体小说，例如明末清初青心才人的《金云翘传》就被越南大文豪阮攸改编成了《断肠新声》（又称《金云翘新传》《翘传》等），成为越南文学史上熠熠生辉的杰作，并在 20 世纪初被翻译成法语走向世界。因为受中国影响巨大，相关作家作品也常常被用来与中国相提并论，对他们最高的评价莫过于"与中国并驾齐驱"。例如《传奇漫录》的作者阮屿被誉为"越南的蒲松龄"，阮攸被誉为"越南的曹雪芹"。

不过，自 19 世纪后半叶开始，越南逐渐沦为法国殖民地，越南文学也因此发生翻天覆地的变化。特别是 1918 年，法国殖民当局在包括越南在内的印度支那地区实行新的语言政策，并于 1919 年取消了越南长达千年的科举制度。从那以后汉文的官方地位消失，喃文也逐渐成为死文字。彼时虽然还有不少人从事汉文创作（例如革命志士潘佩珠在 1920 年代还用汉文创作了不少小说和传记作品，胡志明在 1940 年代著有汉文诗集《狱中日记》），但总体而言，随着汉文官方地位的消失和拉丁字母文字的推广，越南文学逐渐远离中国，开始向法国靠拢。越南社会和文学开始了现代化进程，文学的现代化在 1930 年代最为显著，因而越南把 1930 年作为现代文学的开端。此时越南作家的比较对象不止中国了，例如《红运》的作者武重奉就被誉为"越南的巴尔扎克"。

最早这样比较的是武重奉的朋友——诗人刘重庐，他认为武氏在越南当时的文学生活中的重要性堪比巴尔扎克，并指出：武氏作品中描写的二战前的越南社会全景图，与《人间喜剧》中 19 世纪法国社会有相似之处。刘重庐与武重奉同龄，是越南新诗运动的旗手之一，其诗风深受法国诗人瓦莱里影响。武重奉在人间仅仅度过二十七个春秋，然而这位天才作家从事写作不到十年的时间里，却给后世留下了九部长篇小说，九部长篇纪实作品，两部长篇话剧，数十部短篇小说、笔记、小论、译著等诸多类型的作品。2012年，越南曾隆重纪念武重奉诞辰一百周年，并发行相关纪念邮票，版面是作家肖像和他的《暴风骤雨》《红运》《决堤》《妓女》等著名作品。

武重奉1912年出生在河内。当时，随着法国殖民统治的加深，资本主义经济及西方生活方式迅速向越南渗透，河内这样一个越南古代文明的摇篮很快变成了印度支那资本主义经济首府。武重奉的父亲武文麟，出身于河内东南部两百公里之外的兴安省美豪县一个贫困家庭，年轻时来到河内，成为一名电工；母亲则是缝纫厂的一名工人。跟许多从农村移居到城里来的人类似，他父母租住在河内著名的36古街的一个窄小房子里。不幸的是，在他七个月时父亲因肺病去世，彼时其母年仅二十一岁。

武重奉短暂的一生正好处于印度支那殖民地政治、经济和社会变化最为剧烈的时期。1905年，潘佩珠发动了"东游运动"，带领阮尚贤等文人东渡日本寻求救国良策。这是受到西方民权论、中国康梁思想影响下的越南维新抗法运动。与此同时，另一位政治家潘周桢主张"废除君治，建立民治；开通民治争取民权；依靠法国进行社会改革"。1907年，梁文乾、阮权等人在河内开办东京义塾，教学内容上欲消除保守腐朽的儒家学派，向学生灌输自然科学、公民道德等新思想，有一部必读教科书《文明新学书》。东京义塾还大力提倡、推广拉丁字母文字，因为这种文字易学、易记，有利于尽快提高人民文化水平 ①。

　　1918 年 5 月，法国驻越南总督沙罗（Albert Sarraut）改革了印度支那的基础教育，颁布《学政总规》，将包括越南在内的整个印支联邦的教育纳入了法式教育体系内。那一年武重奉正好是入学适龄儿童，于是成了北越第一批接受法语和拉丁字母化越南语教育的小学生之一。最重要的是，他所就读的公立学校实行小学六年免学费的政策，这对于仅靠母亲微薄收入养家糊口的武重奉来说不啻于福音。即便如此，他也只读了小学而已，十四岁就辍学谋生。不过，虽然接受的学校教育有限，但早期的西式教育经历为武重奉的创作打下了深厚基础，在后来发表的许多报刊文章中，他引用过左拉、雨果、马尔罗和高尔基的言论。他十九岁出版的剧本《毫无声响》的开头部分用了左拉的话，二十岁出头时翻译了雨果的剧本《卢克蕾西亚·博尔吉亚》（1833），在一些评论文章中还提及福楼拜、波德莱尔等。他在创作中运用弗洛伊德的精神分析学说，这在《红运》里也有体现。可以说，武重奉之所以能成为一个与国际接轨的作家，与法国在印度支那殖民地的语言政策息息相关。字母文字的推行以及法语教育在越南儿童中的普及，对他的人生和创作起了决定性影响。当然，这种

---

① 现行的拉丁字母越南语书写形式是 17 世纪初法国传教士亚历山大·德·罗在过去西班牙、葡萄牙传教士研究的基础上综合整理而成，早期使用的规模很小。1860 年以后法国自南向北蚕食越南，到 1885 年将越南全境变成殖民地，但由于越南人对汉文的深厚感情，字母文字推广并不顺利，真正大规模推广是在彻底废除科举制度以后。

影响不仅对武重奉，而是给整个越南的语言文化带来了天翻地覆的变化。

　　文学是社会的镜子，不同的时代有不同的文学。武重奉作为一名现实主义作家，其作品真实地反映了他所处时代的社会生活图景。其实，除了写小说之外，武重奉还是越南最早写报告文学的作家，因《嫁给法国人的艺术》《害人的陷阱》等影响巨大的报告文学获得了"北部纪实文学之王"的美誉。不过，令人匪夷所思的是，由于他的写实风格以及所受的西方影响，其作品从 1945 年到 1986 年，在北越被禁了四十一年。在武重奉生前以及去世后几十年间，越南文坛对他的看法不一，几度引起激烈的争论，成为长期的、重要的"文学案件"。

　　有些评论是体现在政治倾向上的，例如 1949 年越北文艺研讨会上，有人批评武重奉缺乏革命精神，著名诗人素友则为他辩护说："武重奉不是革命作家，但革命感谢他揭露了社会的丑恶现实。"而武重奉受到最严重的一次政治打压是 1960 年 6 月，当时的越南共产党政治局委员黄文欢在权威学术杂志《文学研究》上发表了一篇《关于武重奉作品在越南文学中的几点意见》。该文以长达二十页的篇幅，驳斥了武重奉最有名的几部长篇小说（包括《暴风骤雨》《决堤》《红运》）在文学领域的重要性，同时对作家本人的政治倾向提出了怀疑。他呼吁抵制"人文佳品"派①对武重奉的公开宣传，引述并抨击了"人文佳品"派的如下观点："八月革命之后，在党的领导下，作家必须服务于政治，因此作家失去了自由、作品没有了灵魂；而武重奉这样一个天才作家，不需要革命，不需要党的领导也能写出优秀作品。武重奉是我们最出色的现实主义作家，他的身体虽然不在了，但其作品永远活在文学史上。他是一代文学宗师，他超越于全党的革命。"

黄文欢的文章发表之后，越北对武重奉的作品全面禁止印行。直到1986年越共"六大"实行革新开放政策后，这个"文学案件"才得以彻底解决，武重奉的历史地位重新得到肯定，作品重印发行，《红运》和《暴风骤雨》等也被节选入中学语文教材，再次成为家喻户晓的作品。不过，我们从黄文欢的打压里恰恰可以看出武重奉的现实主义精神。早在解禁以前，1954—1975年南北越分裂期间，武重奉的作品就已经深入到南越大众，其中的表达成为老百姓的日常口头禅，作品的风格、尤其是纪实文学简直成了奠基石，先后有武平、黄海水、文光、诸子等受其影响，形成了南方纪实文学流派。

---

① "人文佳品"派活跃于1955—1958年间，以《人文报》和《佳品》杂志为阵地，主张"文艺跟政治相互独立"，党不必领导文艺，认为"文艺和政治齐肩并进，互为利用，双方有利"，认为文学艺术家是"时代的良心"，"是党和群众之间的仲裁"，反对文艺为工农服务的口号。1958年初，越南共产党中央作出决议，6月越南文联常委会把"人文佳品"定为"破坏集团"，部分成员被开除出作协，有些人受到了处分（对黄琴、陈寅等人的处分在1989年撤销）。参见中国社会科学院外文所编《东方现代文学史》上册越南现代文学部分，李修章撰写，海峡文艺出版社1994年。

二

《红运》虽然是虚构作品，但也发挥了作家擅长纪实文学的优势，真实地反映了当时越南以河内为代表的都市西化图景。

首先我们来看主人公红毛春的形象，他的标志性红头发可以说像阿Q的癞头一样成了经典形象。越南人乃至黄种人，自古以来罕见天生红头发，而在20世纪初，东方世界也没有将头发染成彩色的习俗。在作品中红毛春是这么解释自己的红头发的："他妈的！要是以前有帽子戴，头发怎么可能变红？"他的这一头红头发非常扎眼，带有浓厚的欧亚混血特征，也预示着他要洗刷自己的根和本我。

而他之所以从低三下四的流浪儿一步步攀上上流社会，与西式运动尤其是网球在河内的普及有关。阿春早年在球场当球童，因此接触上流社会，又因为能打一手好网球而得到贵妇人和阔小姐的青睐，从此交上好运。而网球运动最后还让他当上了万众瞩目的英雄，因为在他与暹罗网球冠军的比赛中，在即将得胜时，听从法国总督的指示故意输掉了比赛，目的是为了"保持与友邦的友好"。比赛散场时，阿春站在汽车上慷慨激昂地宣称其"牺牲个人的声誉"，"挽救了祖国的安全与和平"。群众欢呼声雷动，赞美这位"把他们从战争灾难的边缘拉回来的救国英雄和伟人"。他因此得了总督府授予的北斗勋章，鸿老爷则宣布将女儿阿雪嫁给他。

可以说，阿春的一切成就与网球运动息息相关。当然不仅如此，他还曾到法国留学生文明开设的、一家专门为"欧化"运动中的女性服务的时装店帮忙，因为管理时装店成功而成了社会改革家。还因为年幼时曾经帮人沿街叫卖假药，熟悉了许多西方医药名词和药用功能，而摇身一变为医学院的学生，以至后来阴差阳错被封为"名医"。

小说里有关都市的西化还体现在生活观念、尤其是西方婚恋观对越南传统观念的颠覆。越南长期受儒家思想影响，女子讲究三从四德，节妇烈妇的故事也十分普遍。但在《红运》里，另一个关键人物——副关长夫人则是一个婚恋观极其开放的女人。她是一名寡妇，结过两次婚，第一任丈夫是法国人，生前任海关副关长。她一直以曾嫁给法国人为荣，所以虽然这位丈夫去世多年，还是乐意让别人称呼自己为"关长夫人"。她贪图享受，对两任丈夫都不忠诚，初次见到年轻的红毛春就刻意勾引他。

此外，书中塑造的其他几位重要女性的婚恋观也颇为惊人，例如鸿老爷的大女儿黄昏是一个满嘴女权的所谓新时代妇女，她多次在蓬莱宾馆与情人幽会，当情人要求她离婚与自己结婚时，她不同意，原因是认为找情人是时尚，当今女人要找情人才不会被人看不起，再婚之后她肯定要再找情人，与其让现任情人将来戴绿帽，不如就让现任老公戴绿帽。这种观念即使放在当今社会也不会被广泛接受，何况是 1930 年代的越南，这当然只能归结于西方思潮对越南城市妇女的冲击。

《红运》也反映了市场经济在河内的发展。小说中的所有人物，从卑微渺小的佛教人物到最理想的社会改革家都被利润动机支配。且不说资本家的代表维克多·班在房产、宾馆、药店等方面处心积虑、算计利润，就连普通警察甚至宗教人物也不可避免地加入了经济潮流。典型的是和尚增福，他的理想不是普度众生，而是不断增加信徒，为自己那一宗教派别赢得更多的捐赠。

《红运》还反映了 20 世纪初越南社会的迅速变化，其语言中出现了一些新越南语词汇，如：进步、科学、社会改革、女权、体育运动、文明、新潮和欧化，等等。其人物形象也不同于古典文学，出现了许多新型人物，如城市流浪儿、现代专业的体育运动员、时装模特、医学专家、先锋艺术家、留学生、改革派记者和新潮的妇女。这些词汇和职业在当今社会是司空见惯，但在 1930 年代确实是非常时髦的新鲜事物。小说里夹杂大量法语词汇，同时又带有许多小巷深处的俗语俚语，其中一些如今已经成了成语，越南人无论是否读过武重奉，都会在生活里使用他作品中的短语和词汇，这在越南语言历史上是罕见的。

值得注意的是，《红运》发表不久就引起当时风头正健的自力文团①的围攻。原因是小说的开头映射了自力文

---

① 自力文团是 1930—1945 年间的浪漫主义文学团体。一零（原名阮祥三）1930 年从法国留学归来，1932 年创立《风化报》并自任主编，1933 年成立自力文团，成员包括他的弟弟阮祥龙、阮祥麟，还有胡重孝、世旅、春耀等，《风化报》作为舆论机关。自力文团反对封建主义、提倡资本主义改良，争取个性解放、追求文化革新、主张"青春快乐"，在当时影响很大，对越南的小说艺术、民族文学语言的发展都有重要贡献。

团的社会欧化计划，而且进行了夸大戏谑和嘲讽，自力文团的领袖一零非常生气，于《今日报》1937年3月21日第15期上发表署名"一枝梅"的文章猛烈批判武重奉。明眼的读者确实可以将《红运》中许多人物与自力文团成员进行对号入座，而这一事件也说明《红运》反映的西化风潮是多么真实。

这部杰作最初以连载形式刊登在《河内报》上，从1936年10月第7期开始，1938年成书出版。这是20世纪以后越南才有的小说传播方式，更确切地说是1930年代以后才突然兴盛的书籍传播方式。尽管在法国自南向北逐渐吞并越南的过程中，1865年就在南方创办了第一份报纸《嘉定报》，但此后五十多年间（1865—1918），越南全境也只有大约三十种报纸。总督沙罗的语言改革之后，拉丁化越南语印刷业市场得到迅猛发展，特别是报业，到1930年代，报纸增加到了四百种，涉及新闻、政治、经济、文化、文学、科学、体育、电影、妇女、时装等各方面。武重奉辍学后到一个印刷厂当打字员，之后去报社工作。他十七岁开始创作，在《午报》《日新》《海防周报》《河内报》《将来》《礼拜四小说》《香江》《印度支那》《时务》《骚坛》等报刊上发表作品，可以说他早期的生活与创作几乎都与报刊业相关。

从武重奉的写作生涯来看，报纸商业化对当时的文学发展做出了很大贡献，从根本上改变了越南文学的发展道路。在长达千年的封建时期，虽然书籍刊行也源源不断，但汉文教育并不能普及到农村，而作为一个农业国，越南的文学受众主要是农民，传播主要是以韵文形式口口相传。报刊业发展起来后，易学的国语字母文字的推行、城市经济的发展和城市人口的增加，使得越南的文学受众有了大量的市民，传播也以听众为主变成了以读者为主，读者甚至直接在报刊上参与讨论。除了前面提到的一零，《红运》发表之后不久，也有署名为泰飞的人在《文讯报》上发表《淫秽文章》批评武重奉"借口写真主义，毫不顾忌地描写淫秽的东西"，随后，武重奉在《河内报》上发表了《致〈淫秽文章〉作者泰飞的一封信》为自己辩护。这种论争是文学交流的新方向，也增强了人们阅读的好奇心，客观上推动了小说的传播。

如前所述，由于《红运》影射了自力文团成员，给武重奉在文学上带来劲敌。他们彼此的敌对状态对当事人来说是不愉快的，但他们的论争促进了越南文坛的交流。自力文团的另一大劲敌是范琼及其领导的《南风报》，该报在1917—1934年间由殖民地政府提供财政支持主办，范琼精通汉文和法语，但思想上坚持传统，对越南古典的翻译与传播贡献很大。自力文团起初的任务就是反击《南风报》的保守倾向，存续的十几年间对越南文学的现代化起了很大作用，他们的浪漫主义小说与当时的革命文学、批判现实主义文学构成了越南现代文学初期三大潮流。一零、概兴等人创作的《断绝》《蝶魂梦仙》《花担子》等浪漫主义小说至今依然被视为经典。文团中还有一些作家后来走上了现实主义创作道路，如阮公欢、秀肥、吴必素等成为重要的批判现实主义作家，一些诗人如刘重庐、世旅、辉通、春妙、辉瑾，等等，都是越南新诗运动的旗手，为越南现代诗歌的发展做出了巨大贡献。

当然，越南文学内容与形式的现代化依然与法国的殖民统治有着深刻的关系。1941年怀青和怀真两兄弟出版越南诗人群传《越南诗人：1932—1941》就表露了强烈的历史感，强调殖民时期的历史对文学作品的影响。他们在书中论及，越南社会的组织形式与精神风貌在19世纪中叶以前的一千年都是相似的，但随着殖民侵略，经历了深刻而广泛的变化，跟法国文化接触的五六十年相当于五六百年，"现在我们住西式的房子，戴西式的帽子，穿西式的鞋子和衣服，用电灯、钟表、汽车、火车、自行车……无所不用！家庭争相让孩子去殖民地学校学习，象形文字在国语字面前显得落伍，孟德斯鸠和伏尔泰代替了孔子"。

早在1940年代初，武玉潘就撰文指出，《红运》带有概述性的诙谐剧形式令人想到银幕上的搞笑场面，借鉴了卓别林的表演形式。也有人认为小说每一个独立的章节就像独幕剧，有拉伯雷风格。1950年代，韶光和阮梦想撰文比较了《红运》与莫里哀的讽刺喜剧，当时莫里哀的不少剧本被翻译成越南语在越南地区演出。此外，谈到红毛春从流浪儿成功跻身上流社会的经历，不少人将《红运》与巴尔扎克的《幻灭》相提并论，还有人说《红运》受到1930年巴黎著名电影《流氓皇帝》的影响。与《红运》一样，影片中很多关键事件与体育有关，例如其中写到自行车比赛，主角后来在英法之间的比赛中无意间成了民族英雄，娶了他梦中的女人，这与阿春的经历高度类似，而且

《流氓皇帝》第一部及后来在 1931 年、1933 年、1938 年问世的几部，也曾经在越南地区上映。

不管怎样，这些都表明，以《红运》为代表的越南现代文学呈现出了完全不同于过去的写作与传播方式，而由于法国的殖民统治，客观上促进了越南与西方的交流，促进了越南文学与世界文学的交流，促进了越南文学的现代化。

越南现代文学史权威学者潘巨棣说过："进入 20 世纪，西方文化日益向越南渗透，但并没有吹走东风，而是在民族悠久的文化传统基础上，我们随时准备接受西方文化的影响。"① 而《红运》这部带有西方文化影响的小说依然有着浓厚的越南传统文学基因，因此它才能扎根越南社会，成为经久不衰的名著。

首先，从作品的命名来看。《红运》这部小说的越南语名"Số đỏ"，其中"số"对应汉字"数"，是一个汉越词，在中文里，"数"除了指数量之外，还指"命数、命运、运气"。汉代荀悦在《申鉴·俗嫌》中有言："终始，运也；短长、数也。运数，非人力之为也。"唐代白居易《薛中丞》诗："况闻善人命，长短系运数。"此外，中文里的"气数""天数"都与命运有关，而"số"本来源于中文，在越南语里的意义与汉字"数"基本相同。至于"đỏ"，它的意思就是"红""赤"，红色在越南也代表喜庆

---

① 《20 世纪越南文学中的几类新趋势》，潘巨棣著，载《文学杂志》2001 年第 10 期。

色彩，直到今天，越南人举行婚礼也贴红双喜字，过年的压岁钱也用红包。所以，"Số đỏ"连起来，直译就是"红运"，与中文相同。在中文里，"红运"与"鸿运"相通，意为好运气，如鲁迅的《彷徨·孤独者》："他也真是一走红运，就与众不同。"

武重奉用"红运"来命名这部小说，简明地揭示了主人公红毛春从流浪儿走红运的故事主题。在情节的具体展开上，也似乎从一开始就通过算命先生决定好了阿春的命运。小说开头写道："人行道上，在木棉树的树荫下，一个上了年纪的算命先生漠然地坐着，他面前摆着一张竹桌子，上面有墨砚、印泥、签筒……俨然是一位真正的哲学家。"当红毛春请他算一卦时，他首先问生辰八字，算出阿春一出生就是孤儿命，在被夸赞算得准时，又用两句越南传统六八体诗形式告诉他将来会出大名、走大运，会富贵风流，并与他细致讨论了何时会转运，起初会遇到什么等，俨然阿春的命运乃天定，作家只不过顺着介绍罢了。后来算命先生还为副关长夫人算命，似乎也对她的前世今生都了如指掌。小说中与阿春有关的一些事件也都带有命运的偶然性特点。

这种宿命论色彩与越南传统文化密切相关。与中国人一样，越南人非常相信命运，相信命理八卦。《易经》以及佛教很早就从中国传入，深深影响到越南人的人生观和世界观。现今，在越南城乡，看紫薇、算风水、算命都仍是非常普遍的，人们相信人生的一切都与 có duyên（机缘）相关，比如人与人交往时、一见如故的人是 có duyên

（有缘），等等。历代文人作家形成了将命运主题写入作品的传统，《红运》的宿命论色彩也与历史上一些深入人心的文学作品有关，甚至是对它们的继承和发扬。例如 11 世纪李朝的李常杰写有《南国山河》一诗，开头两句是：

南国山河南帝居，截然定分在天书。

这首七绝被誉为越南的"第一个独立宣言"，全文只有四句，朗朗上口，因其浓厚的天命观和民族独立特色而遍传越南，孺妇皆知。越南古典小说也大都带有浓厚的宿命色彩，例如《金云翘传》的开篇两句即为：

人生不满百，才命两相妨。

更为神奇的是，因为这部经典杰作中主人公的悲欢离合都充满命定色彩，越南人很早就用它来算命，尤其是年轻人，爱用它来测算自己的爱情、婚姻[①]。如今，越南网上有不少用这部作品来算命的方法演示，甚至电视台也制作节目来教人相关方法。武重奉生活的年代，正是《金云翘传》传播最为广泛且走向世界文坛的时期。人们从各种喃文版本中将之翻译为拉丁字母国语字，范琼还将之翻译成法语，用"《翘传》存则国存"来激赏这部作品。武重

---

① 参见范丹桂（Phạm Đan Quế）著《评〈翘〉、咏〈翘〉、用〈翘〉算命》（Bình Kiều, Vịnh Kiều, Bói Kiều），越南文化出版社，2000 年。

奉受此影响，并用于自己的小说创作中也是很自然的。

　　《红运》也带有越南民间文学的基因，其中红毛春可笑的发迹经历与民间故事《猪状元的故事》异曲同工。关于这一点，文学史家文新也曾在相关文献中论述过，虽然他提及这一点主要是为了挽救这部作品不被当时的政府封禁①。越南古代与中国一样，认为当官、发财、生子就是走红运，而当官首先得通过科举考试，如果考中状元，那一定能做大官，所以很多人都有状元梦。《猪状元的故事》就是这样一个家喻户晓的状元梦的故事。主人公钟尔为猪贩之子，虽愚笨却有一个状元梦，后因太笨退学回家，子承父业，干起猪贩的行当，可最后凭借一连串的偶然巧合、误会和幸运，竟成为"著名文人"，被皇帝封为"状元"。这个故事用看似荒唐的事情抨击黎朝末年"黎皇郑主"时期的科举制度有名无实、逐渐沦落为儿戏的社会现象。在武重奉的时代，人们不再可能通过科举进入仕途，也不可能通过一场考试实现"朝为田舍郎，暮登天子堂"的梦想了，不过潜意识里，依然怀揣那种升官发财、一夜暴富的想象，《红运》的主题正是对这种转型时期社会现象与世人心理的描述。

　　《红运》全书分为二十章，每章有回目揭示主要内容，这是古典小说的主要结构形式，不同于后来完全受西方小说影响的结构形式。越南小说的章回体结构主要是从《三

---

① 参见《热带笑林中的武重奉》，文新著《武重奉与我们的时代》，文史地出版社（河内），1960 年。

国演义》学习而来①分章标目的形式是其最重要的体例特征。从《红运》的章节目录看，也能直接感受到它所受的古典小说影响，例如第四章的回目"Một khi Hoạn Thư đã nổi giận（宦姐发怒）"，其中"宦姐"是《金云翘传》中一位非常重要的女性人物，是第一次将翠翘从青楼赎身的商人束生的原配夫人，也是越南文学史上经典的妒妇形象。《红运》借用这个经典人物形象，暗示情节上将有一种新时代的婚姻冲突，吸引读者阅读，一方面说明内容上对传统文学有继承，另一方面也说明《金云翘传》分二十回的章回体形式必然为武重奉所熟悉，他也乐于继承这种结构。除了吸收章回体的分回标目、头尾套语等体例特征，《红运》还略具备穿插诗文的体例特征。此外，武重奉用犀利的讽刺艺术揭露 1930 年代河内上流社会腐化堕落的生活，抨击当时各种丑恶现象，这种对社会现实的全方位批判很容易让人想到 18 世纪女诗人胡春香。她用辛辣的笔调，以处处隐含的性行为来讽刺当时社会上儒释道各阶层人物，被誉为"喃文女诗王"。某些方面，《红运》俨然散文版的胡春香。②

---

① "我国章回体小说（这里其实就是历史小说）的产生是对我国社会中的新内容的反映。这种现象的连续出现有它自身的发展规律，但与中国小说尤其是《三国演义》的影响分不开。"参见《中世纪中国文学与越南文学之间的体裁关系——接触、革新与创新》，裴维新著，载《文学杂志》1992 年第 1 期。

② 对《红运》的介绍主要参考了我的两篇文章以及英译本前言。我的文章为《1930 年代越南的西化潮流：以武重奉及其小说〈红运〉为个案》，载《内蒙古师范大学学报（哲学社会科学版）》2017 年第 3 期；《〈红运〉与越南的文学传统》，载《北大亚太论丛》，北京大学出版社，2017 年 12 月。

三

《红运》因其独特的艺术性早已走向了世界，2000年《红运》被译为英语在美国出版，现在已被列为美国高校研究东南亚方面的研究生必读书目，此外还有捷克语和意大利语等译本。然而与越南山水相连的中国，却极少人了解《红运》。回想起来，我第一次听说有人研究武重奉是1996年秋天。我去旁听一位研究越南文学的硕士生汇报他的题目《武重奉短篇小说研究》及主要研究思路，他谈及选题理由时特别强调武重奉的长篇小说已经很多人研究，但短篇小说似乎没有引起重视，涉足者甚少。当时我刚读大三，只是模糊地了解到武重奉是越南现代文学史上一位颇有争议的作家，其作品受左拉等自然主义流派影响，在两性描写方面颇为大胆，长久以来都被视为淫秽。但我那时未读过他的作品，此后很多年，这位作家似乎也一直在我的视线之外。

2000年我赴越南河内国家大学所属社会人文大学留学，抵达之后不久我发现几乎每家书店都有《红运》销售，立即购买阅读。2003年秋天，我开始给北大本科生讲授越南文学史课程，特意对武重奉的生平事迹及创作进行了较为全面的了解。2012年开始，我尝试在研究生课堂上讲授《红运》节选。名著的魅力就是经得起时空的考验，《红运》虽然是1936年的作品，可是我们今天读来，依然感慨它的写法之先进以及所反映的社会现实与当下是何等相似，尤其是婚恋观、女性观，令我常常误以为作者就活在当今社会。然而种种原因，我们作为邻国，这样的作品却一直没有译介，也几乎没有研究文章出现。因此，当北大东方文学研究中心吴杰伟教授牵头做教育部重点项目"东南亚现当代文学翻译与研究"并邀请我负责越南部分子课题时，我马上想到的是翻译和研究《红运》。感谢课题组其他国别研究的同人，如今一带一路背景下区域研究尤其是东南亚区域研究异常重要，在我们多次的课题交流中，我了解和学习到东南亚其他国别文学及其研究趋势，受益匪浅。也感谢北大越南语专业 2012 级、2015 级本科生参与有关武重奉作品的讨论，感谢越南语研究生许阳莎、张心仪以及来北大进修的云南大学越南语教师王继琴，还有云南民大 2017 级硕士生罗斯颖、顾竹一、杨阳等参加了《红运》节选的阅读和讨论，使我有勇气继续翻译和研究这部作品，特别感谢张心仪同学，她从头到尾帮忙校对了我的译稿，提出了不少中肯的意见。由于《红运》的语言非常独特，给翻译造成了很大难度，记得几年前我与一位多年不见的越南朋友重逢，她在中国获得古典文学博士学位，论文曾荣获全国优秀博士论文，她得知我在翻译《红运》时对我说："《红运》语言太难了，有些地方我都看不懂。"《红运》的语言夹杂大量法语和汉文借词，同时充满俗语俚语，加上涉及 1930 年代的一些风俗人情，翻译确实不易；但《红运》又是这样一部历久弥新的重要作品，吸引着我"明知山有虎、偏向虎山行"，同时也令我深感必须慎重对待书中的每一个字。

这里仅举武重奉的中文名翻译说明。"武重奉"三个字的越南语是 Vũ Trọng Phụng，越南人的姓名与中国人一样，也是由家族姓氏加上名字组成，主体民族京族常用的两百多个姓氏在中国也都有。因而这里 Vũ 对应"武"姓没有问题，但是 Trọng 对应的汉字则有"重""仲"，Phụng 对应的汉字也有"奉""凤""唪""菶"等，选用哪个字，需明了作家的名字的含义。由于作家去世很早，其父亲又早逝，很难找到与名字含义有关的可靠资料。先前中国学者多采用"重奉"二字，也有人用"重凤""仲奉"等。我在越南网上搜寻，可以搜到 1933 年作家的记者证，上面只有越南语名和法语名，没有中文名。越南人一般认为武重奉只有一个女儿武媚姮（其母为武媚娘），且已于 1996 年去世；但 2007 年美国加州忽然冒出一个名为武仲卿（Vũ Trọng Khanh）的人，称其母陈氏金凤与武重奉是同学，1928 年结婚后生下他。他还称武重奉因生在壬子年，原名武文子，婚后因为太爱妻子，取笔名为武仲凤。此人写了很多材料发布在网上，不过，武重奉的女婿严春山在越南的媒体《祖国报》《前锋报》《妇女报》访谈时都作了反驳，其他一些武重奉的熟人也进行过反驳。笔者请教河内师范大学语文系主任杨俊英老师时，他说应该用维基百科上的"武重凤"，原因是武重奉的父亲名为 Lân（麟），由于《礼记》在越南传播广泛，越南人也很重"麟、凤、龟、龙"四灵，因而武重奉的名字最后一个字应为"凤"，"凤"在现代越南语里写作 Phượng，可是又因为武重奉的伯父名为 Phượng（凤），为了避讳，武重奉最后一个字改为 Phụng 但意思还是"凤"。我觉得他说得有一定道理。可是我又查到 1960 年代和 1970 年代越南外文出版社的中文书籍中提及武重奉时所用的是"武仲奉"。由此可见，仅仅作家的名字就涉及太多越南语言文化问题，由于尚无定论，最后我决定采用多数中国学者所用的"武重奉"。

我还要感谢我系印尼语同事罗杰副教授把自己珍藏的英文版《红运》赠送给我，2018－2019 年我在加州大学洛杉矶分校访学时曾有幸与英译者之一阮月琴（Nguyễn Nguyệt Cầm）女士在加州大学伯克利分校见面并旁听她的越南文学课，在这之前六年我就与另一位译者，也是月琴的先生，现任加州大学伯克利分校历史系主任彼得·兹诺曼（Peter Zinoman）取得联系。感谢他们的翻译，我在最后修订过程中曾从头到尾对照过英译本，有些地方通过英译本发现了自己的问题，又不断请教业内同人和一些精通中文的越南朋友；与此同时，我也发现了英译本中的一些误译问题，可见这部小说的翻译难度，即使与母语为越南语的人共同翻译也难免出错。感谢中国驻越南大使馆文化处彭世团参赞为我答疑解惑，并在百忙之中为此书作序，感谢暨南大学古籍所越南留学生陈来德、上海师范大学中文系越南留学生暨胡志明社会人文大学中文系教师裴幸娟、越南河内社会人文大学中文系教师丁秋怀等朋友不厌其烦地回答我的相关问题。感谢我的师姐彭慧英的支持和帮助，她从北大越南语专业毕业之后多年从事中越贸易工作，却一直热爱阅读越南作品（我相信这是她事业成功的重要原因之一），常常与我分享心得体会；她也时常告诉我越南客户对《三国演义》等中国文学作品的谙熟，这也令我深感作为讲授越南文学课程的中国人，有责任把越南文学作品译介到中国来。感谢四川文艺出版社，选择出版包括越南小说在内的东南亚文学作品，在强调民心相通的今天，无疑是一件嘉惠于中国与东南亚文化交流的好事，这充分体现了出版社的眼光和魄力。最后感谢策划人曾嘉慧、冯俊华和编辑周轶、苟婉莹的辛苦努力，感谢艺术家子杰。如果说人的一生就是不断与一些人、一些作品相遇的过程，那么我感谢这样的相遇，虽然，有些相见恨晚，但毕竟相遇了，也期待读者能借《红运》与越南文学、文化相遇。

夏露

2021 年 6 月 29 日

于北大肖家河教工住宅区